仏頂面な旦那様ですが、考えはお見通し

引きこもり令嬢と貧乏騎士の隠し事だらけの結婚生活

雨傘ヒョウゴ

illustration ねぎしきょうこ

ICHIJINSHA IRIS NEO

CONTENTS

この作品はフィクションです。
実際の人物・団体・事件などには関係ありません。

仏頂面な旦那様ですが、考えはお見通し

引きこもり令嬢と貧乏騎士の隠し事だらけの結婚生活

第一章　嘘だけど本当の結婚

ゆっくりと畑を見つめて屈《かが》んだ。ころころと可愛《かわい》らしい芋《いも》がくっついてこれまたおいしそうに土だらけだ。

「ああ……よく育ったねぇ……」

さわさわとなでてあげた。しかしいけない。この土こそがおいしさの秘訣《ひけつ》で、土がついていない作物など水を離れた魚みたいなものなのだ。もちろん生きている魚なんてお目にかかったことはないので、どこかで聞いてかじった知識なだけなのだけれど。

「今年はよくできてる……お料理するにも喜びがあるというものですねぇ」

独《ひと》り言が多いのは私の癖なので仕方がない。邪魔なスカートの裾《すそ》をくって、満足しながらカゴの中に詰め込んでいたとき、軽やかなベルの音がした。

「お嬢様？　エヴァお嬢様――？」

「はあい！」

「カルトロール伯爵様がお呼びでございます」

珍しくも父からの呼び出しに、あらまあと体中の服を叩《たた》いて土を振り落とした。小さな畑の周囲は柵《さく》で覆われている。私が父にお願いしたのだ。

芋を片手に持ったまま、「ちょっと待ってくださいね」とお願いすると、使いっぱしりの少年は大層奇妙な顔でこちらを見ていて、ありありと見て取れるその思考に、少しだけ苦笑した。


「エヴァ、お前の嫁ぎ先が決まった」

「嫁ぎ先ですか」

「わざわざ口にする必要もないが、お前ももう十八だ。いつまでも屋敷の離れに一人で畑を作って耕しているわけにはいかんだろう」

「私は十分に楽しく暮らしておりますが……」

「いいわけがあるか」

私の言葉にかぶさるような言葉にひゃっと両手を合わせた。自分でもわかってはいたけれど、とうとう、という気分である。父の考えはわからないでもなかったので、今日か明日かとびくびくどきどき心の底では準備していたのだ。相変わらずの口ひげで強面《こわもて》なこの父だが、とうてい他《ほか》の貴族との足がかりにもなりそうにない情けない娘である私を心の底でひどく案じていることは知っていた。

だからこそ、「仕方ありませんねぇ」と口元に拳《こぶし》をあてて、ううんと唸《うな》る私をひどく意外気に見ていたのだ。きっとごねてひねて、暴れて逃げるとでも思っていたのだろうけれど、私だってもう十八なのだ。いつまでもこうしているわけにはいかないと理解している。

そんな私の気が変わらないうちとばかりに、まるで光の矢のような速さで次々と輿《こし》入れ準備は整っていく。年の離れた兄達に、辛《つら》ければ戻っておいでと両手を振られながらも、旦那《だんな》様の顔すら知らずカポカポ馬車に揺られながら王都へと旅立った。

本来なら盛大な結婚式を行われるはずだったのだけれど、あまりにも急であったためあちら側の都合がつかなかったらしい。それより私が首を横に振る前にと婚姻の書類に幾枚もサインをさせられて、それらは後生大事に早馬に乗って一足先に去っていった。

エヴァ・カルトロールであった私はすでにフェナンシェットという家名に変わり、実はすでに人妻であるだなんて驚くばかりで、何の実感も湧《わ》いてこない。

結婚式は正式に夫婦となってからでもいいだろう、なんてお父様はおっしゃっていたけれど、そんなにたくさんの人が渦《うず》巻く会場なんて考えただけで目眩《めまい》がするので一生後回しにしてくれるとありがたい。

お父様は、私の夫の生家——フェナンシェット家には、たっぷりと持参金を払ったと聞く。しかし馬車から足を降ろして見上げた屋敷は、なんとまあこぢんまりとしたものだった。

もちろん、市民階級と比べるのであれば大きなお屋敷なのだろうけれど、いくつもの土地と家を保有していたカルトロール家とは比べ物にはならない。

それは当たり前のことで、旦那様となるべきお方はカルトロール家の分家である子爵、その上次男であるから家の名を継ぐことすらできない。貴族とは名ばかりで、王宮にて騎士の身分でお勤めされ

ている と聞く。

初めからある程度の話は聞いていたので特になんの不思議もなくぼんやりと屋敷を見上げた。よく見れば茶色い瓦《かわら》が可愛らしくて、周囲には庭がある。ひっそりとオレンジの樹木が生えていた。深い緑の葉っぱが朝日に照らされて、きらきらしていた。

（おいしそうな、オレンジ……）

侍女もいないものだから、私は大きな鞄《かばん》一つを引っ張ってただただ立ちすくんでいた。ここまで運んでくれた馬車も消えてしまったために、この家で本当にあっているのだろうかと首を傾《かし》げるしかない。なんたって出迎えの一人もいないのだから。意を決してドアベルを鳴らした。涼やかな音だ。やっぱりノッカーの方がよかったかしら、と口元を押さえたとき、はっとした。扉が開いたのだ。

ひどく機嫌の悪い顔をした茶髪の男性がじろりとこちらを見下ろしている。その割には翠《みどり》の瞳《め》は優しげで、整った容貌《ようぼう》にどきりとする女性も多いかもしれない。

彼の白いシャツはぐしゃぐしゃで、とても人を出迎える格好ではない。私は失礼とは思いつつも、上から下までじっくり見て呟《つぶや》くように問いかけた。

「……あの、リオ・フェナンシェット様でいらっしゃいますか？」

「はあ？」

「エヴァ・カルトロール……あっ、いえ、エヴァ・フェナンシェットと申します」

言い慣れた名前に慌てて口元を押さえてぺこりと頭を下げた。相変わらず青年は不機嫌な顔を作っており、彼がリオ様で間違いはないのだろう。

「ああ、あなたか」

ぼりぼりと青年は頭の後ろを引っかいて、あまつさえ欠伸《あくび》をした。その様子を私はぱちくりと瞬き見上げた。

「言っておくが、私もあなたのことをつい先ほど聞いたところなものでね。悪いがなんの準備もできていない。それでもよければ上がってくれ」

そうして扉を開けたまま寝ぼけ眼《まなこ》に背中を向けて家の中へと消えていく。

なんとまあ！

驚いたのは別のことだ。

(彼女がエヴァさんか。申し訳ない、女性にこのような態度を取るなど、本当に申し訳ない！　許してくれ、いや、俺《おれ》を許さないでくれ!!)

彼の心の中では両手を合わせて、ぺこぺことこちらに頭を下げていたのだ。

＊＊＊

ギフト、というものがある。

それは神様から選ばれた力で、誇るべきものであり自身の中で大切に育てるもの——ということは

誰しもが知っている常識なのだけれども、そこまで意識している人間は一握りというのが現状だ。

なぜならギフトを持たない市民も多く、家名持ちである貴族は比較的、保有率は高いものの、ギフトの内容は選べない。例えばとある高貴な貴族のギフトが実はパンをおいしく焼くことができるギフトだったというのはよくある話だ。

自分が一体なんのギフトを持っているのかということは、やってみなければわからないのだ。

高貴な貴族が自分でパンを焼くことはないし、逆に文字すらも読むことができない使用人の少年が、実は本をとっても速く読むことができるギフトを持っていたとしてもなんの意味もない。

それだけギフトとはささやかなものが多く、自身のギフトが一体なんなのかということを知らずに一生を終えることも少なくはない。

そして私、エヴァ・カルトロール、いや、エヴァ・フェナンシェットのギフトは人の心を読み取ることができるギフトだった。

神様から与えられるささやかな力――とはいってももちろん例外は存在する。その例外が私だったというわけだ。

他者の心を知ってしまうことは恐ろしい。そう思うようになったのは、一体いつの頃《ころ》からだっただろう。記憶も曖昧《あいまい》になるくらい小さな頃から私は一人離れに住んでいた。柵の中に入ってしまえば周囲の声も聞こえない。

人と接することが怖かった。しかし私も十八になり、いつしか孤独を感じるようになってしまった。

だから父の提案は驚きもあったけれど丁度いいきっかけとも思えたのだ。

でも残念ながら、私の旦那様となるリオ・フェナンシェット様にとっては違ったらしい。私の前を大きな体でのしのしと歩いて、ときおり振り返るその顔の眉間《みけん》にはとても深い皺《しわ》が刻まれている。

父から年を聞いたところ私よりも六つ上であると聞いているけれど、とてもそうとは見えず可愛らしい顔をしている。しかし大きい。私自身も女性にしては背の高い方であると思っていたけれど、それよりも頭一つ分は高くて、見上げるとすっかり首が痛くなってしまう。

細い体つきのようにも見えるけれど、手のひらはとても硬そうで、父とも兄弟ともまったく違う。騎士というお仕事柄、よく鍛えられていらっしゃるのかしらと意識を飛ばした辺りで、ずんずん進んでいく背中を慌てて追いかけて、食卓に着くまでの間にはだいたいの彼の事情というものも見えてきた。

それはまあ大変なこと、とひっそり同情してしまうような気分になる。その考えを知った今となっては、彼が必死に不機嫌な顔を作っているということはわかるので、なんとも気の毒だった。本来は柔和な人柄なのだろう。背中から見えるものは罪悪感の一文だ。

食卓の上には立派な大鍋《おおなべ》が載っていた。温かそうな湯気がほかほかとしていて、朝食すらまだの身としてはお腹が減る。リオ様はわずかに迷った後に、どっかりと座り込んだ。そんな彼を見ながら、どうすればいいのだろうと考えている間に、彼の中の冷や汗もどんどん量が増えていく。慌てて彼に倣《なら》って正面の席に座った。

「私は先ほどまで、遅めの朝食をとっていたんだ」

「そ、そうでしたか。お食事中とは知らず、申し訳ありませんでした」

ぺこりと頭を下げたら、彼の中の思考がこれまたぐちゃぐちゃした。困った。

私が心を読み取ることができる範囲といえば、だいたい自分の腕一本分を伸ばしたぐらいと言いたいところだけれど、相手の感情にも、考えていることにもよる。なので二本分程度は離れてもらえると安心する。でも自分の名前というのはよく聞こえるものである。その場合はいくら離れていても勝手に頭の中に入ってきてしまう。だからこそ、私は一人畑の真ん中でぼんやりとクワを持っていたのだが。

「いや、それは気にしなくても……いい。とにかく、朝食の、最中なのだから！」

もともと棒読みのセリフがぐだぐだになってきた。私が来た頃合いを待ち構えて、こう言おうと何度も考えて検討していたようだ。

それにしても私のことを先ほど聞いたと彼は出会い頭に言っていたけれど、私達が婚姻を結ぶためにはあのうんざりするくらいに膨大な書類にサインする必要がある。それを私一人が行うわけもなく、彼だって辟易《へきえき》しながらペンを走らせたはずだ。それで知らないというにも無理がある。

あとはこの朝食。つやつやな野菜達を湯で煮込んで、だしのみで味をつけたシンプルながらにおいしそうだが、どうやら彼の手作りで、私が来る頃合いを今かいまかと待って、さあここだと炎色石《えんしょくせき》を叩きつけたのだろう。

炎色石とは二つ叩き合わせると熱を発する不思議な石だ。鍋の中に放《ほう》り込めばすぐさま温かなご飯を食べることができるのだ。

彼の考えを見たところ、伯爵令嬢に出すには失礼極まりないものと知りつつ、自分が作れるものはこれぐらいなのだから、とぺちゃりと犬の耳と尻尾《しっぽ》を垂らしている姿が見えた。

欠伸をしながら、さぞ今まで寝ていたという素振りをしておいて朝食中であるとは色々と設定が破綻している。なのに彼の思考ときたらいくつもの考えを並行で行っていて、私からするとひどく心地が良いものだった。

人間一つのことを考えるとそれに囚《とら》われてしまうことが多いので、中々こういった思考をする人は少ない。現に私が出会った中では父以外には片手に数えるくらいで、どの人も賢く、忙しい人達だった。ざわざわと常に色んな声がしているから、少し聞き取りづらくてほっとする。

久しぶりに屋敷の外に出て馬車に乗ったが、たくさんの声が聞こえて、この家にたどり着くまでそれはもう苦しかった。

輿入れ前にどういった男性であるのか尋ねたところ、父は『面白い男だ』と言っていた。それから相変わらず忙しく、違うことを考えてしまったので真意はわからなかったのだけれど、こういうところを言っていたのかもしれない。

「――とは、言ってもだな。私にはいささか多い量だ。あなたさえよければ適当にしてもらっても構いはしない」

ぼんやりしているうちに、リオ様が恐らく自身の中でメインとも言えるセリフを絞り出した。

（長旅でさぞ疲れて腹も減っているだろう。大したものも出せないが、よければ食べていただけるとありがたいのだが）

とても気を使っていらっしゃる。

「あなたのためにわざわざ頼む侍女などいやしない。食べたければ、自分で好きに使ってくれ」

要約すると、給仕は自分でしろという意味である。私個人としては以前と変わりはしないし、特になんの問題もないのに、彼の心の中では滝汗がこぼれている。

彼にはたくさんの甥《おい》や弟達がいるらしく、私と姿を重ねながらもそわそわとこちらを見ていた。ご丁寧にもすでに準備されていた丸皿を手に取って、スープをすくう。それから具材を見繕う。花の型でくり貫かれた人参が可愛らしい。ぱくりと食べた。彼の思考が飛び跳ねた。

「とってもいいお味ですねえ」

ぱあっと花が咲き開いた。もちろん心の中で。その姿と毛並みを見ていると、子どもの頃に飼っていた可愛らしい尻尾のジョンを思い出した。あれは愛らしい犬だった。

「その程度で満足できるのか？　随分お気楽な舌をしているな」

「うふふ」

口と心の中で言っていることが違いすぎて、思わず笑いを噛《か》み殺してしまった。リオ様は相変わらず眉《まゆ》をひそめて私を見た。どうやら彼はとても大変なご事情で、私との婚姻を取り消したいらしい。

それは仕方のないことなので、彼には全面的に協力したい。

なのでもう少しばかりの結婚生活を少しくらい楽しくできたらな、と温かいスープをほっこりと飲み込んだ。

＊＊＊

「リオ、どうか一生のお願いだ！　何も言わずにこの書類にサインをしてくれぇ‼」

実の兄が額を床にこすりつけながら、いや、ガンガンと叩きつけながらかまされた土下座に一瞬意識が遠くなった。

一体なぜこんなことになったのか。思わず両手で顔を覆って幾度も思考を整理してみる。残念なことに俺はどうにも気もそぞろなところがあるから、一つのことを考えようにもいつの間にか別のことを考えている。だから今回も色々と思い出しながら自分自身の境遇まで遡《さかのぼ》って、一人頭をくらくらさせていた。

俺、リオ・フェナンシェットは四人兄弟の次男坊だった。

フェナンシェット家はカルトロール家の分家といえどこちらはただの貧乏子爵。兄とはただの一つばかりの年の差ではあるが、次男に家督を相続できるわけもない。下の弟のように愛嬌《あいきょう》があるわけでもなく、上の弟のように聡明《そうめい》でもなく、背ばかり育って食べる量だけ一人前だ。

一体俺に何ができるんだろうとひねくれていたこともあるけれど、ある日気づいた。それならば正直になろう。体を使って、ときには領地の民と一緒にクワを振るった。俺を見てくれと誰《だれ》かに主張するよりも、彼らのためになろうと誓ったのだ。

領地で自身ができることといえば限られたことだと知ったとき、それならばと王都に飛び出し、自身の保有しているギフトのおかげもあってトントン拍子に騎士となった。もらった給料の大半は実家への仕送りになるから満足に侍女も雇えず、忙しさに目が回り家の中は薄汚れている。

それでもそのことに後悔はないし、できれば家族が幸せになってくれればありがたい。俺にできることは本当に小さくてちっぽけだけど、それでもないよりはマシだろう。

ときおり届く手紙に微笑《ほほえ》みながら、小さな甥っ子達の姿を思った。そろそろすきっ歯も目立たなくなっているだろうか。弟達の記憶と重ねた。

――そんな中だ。兄であるクグロフ・フェナンシェットが土産《みやげ》を片手に屋敷のドアを叩いたのは。

「兄上、一体どうなさったのですか。まさか仕送りが遅れてしまった件でしょうか？　申し訳ない、この間手紙にしたためたばかりで、そちらまで届いていないのでしょう。新人騎士が多く編成されたため通常よりも決算が遅れてしまいまして」

「いや大丈夫だ。手紙は届いていたよ」

俺よりも小さな背で、兄上はどこか不安げにきょろきょろと視線をさ迷わせた。

兄上とはあまり似ていないとよく言われる。瞳《ひとみ》の色ばかりは同じだが、兄上は常に口元が困っていて体つきだって細い。その上猫背なものだから、意識せずとも毎度見下ろす形になってしまうことが申し訳ない。今も彼は小さくなってソファに座り込んでいる。

王都で手に入れた家は屋敷の小ささの割には庭ばかりが大きくて、買い手がつかず叩き売られていたものだ。長い間人の手も入っていなかったから、歩くとギシギシときしむ音がする。なんとかせねばと思いつつも仕事ばかりにかまけて放ったままだ。人が来ることを前提にしていないから、兄上が座っているのもスプリングも利かない安物のソファだ。座り心地も悪かろう。

なぜだか彼はぶるりと震えた。あまり寒さは感じていなかったのだが、俺は暖炉の脇《わき》に置いた炎色石を二つ取り出してかちりと叩いた。それからすぐに暖炉の中に放り込む。

炎色石はずっと昔に採掘のギフトを持った鉱山技師が見つけた石だが、発明のギフト持ちが加工をする方法を編み出したことで今では日常生活に欠かせない便利なものだ。薪《まき》に火を灯《とも》す必要もなく、すぐに部屋中が暖かくなっていく。

「ああそうだ。リオ、お前に土産を持ってきたんだ」

そう言って、兄上は口元を引きつらせながら箱の中からワインを一本取り出した。

「いや兄上、俺は……」

「そうだ、そうだった。お前は酒が駄目だったな」

「お前はというか」

そもそもフェナンシェット家の人間は、そろって酒に縁がない。

「そうなんだ。そうだよな。なら、そうだ。酒好きの友人がいただろう。せっかくだからな。渡してやってくれ」

「わかりました。あいつも喜びます」

酒といえば飛んでやってくるような男だ。兄上の気持ちをありがたく受け取ることにした。せっかくのワインだ。暖かい部屋に置いていては駄目になってしまう。地下の貯蔵庫に持っていこうと立ち上がったとき、彼はしっかと俺の腕を掴《つか》んだ。そうして土下座した。冒頭の言葉だった。

「何も言わず！　どうか何も言わず、サインを!!」

「いやサインと言われましても」

彼がワインの他に後生大事に抱えていた山ほどもある紙束の一番上に目を通した。気のせいかと思ってもう一度見た。気のせいなどではなかった。

「あの、これは」

「カルトロール伯爵家、ご令嬢との婚姻届ダァーーーーーーーーー!!」

「ウワアーーーーー!?」

意味もなく口元に手を当てて飛び跳ねながら叫んだ。想像よりも大御所の名前が飛び出した。慌てて手の中から滑り落ちたワインを救出して、とりあえず話を聞くことにした。冗談だろうと口元が引きつるばかりだが、自身の心情は裏切れない。

一言でまとめると、カルトロール伯爵から俺に対してエヴァ・カルトロール様との縁談が来たと。

どうして俺の名をと不思議に思うが、兄上は既婚でいらっしゃるし、弟達はまだ成人もしていない。

それならばと納得できるのかはさておき、「ちょっと待ってください」と、さすがにストップをかけさせていただいた。

「いくらなんでも、今どき強制的な婚姻もないでしょう。そのためにこんなに分厚い書類にサインをするわけですから。なのになぜ、俺が会ったことすらもないご令嬢と、その、そういった話になるのですか？」

「恋人がいるのか⁉」

「い、いませんよ！　そんな暇もない！」

なぜ実の兄に力強く否定せねばならないのか。悲しみからか耳の後ろが熱くなったが、そういう問題ではない。明らかにごまかそうと視線をそらす兄上を睨《にら》んだ。

これでもでかい図体だ。多少使い慣れていない表情であろうと、いくらか説得力はあるだろうと考えたところ、意外にも効力はあったらしい。兄上は細い体をさらにひょろひょろとさせて小さくなる。

「いや、兄上、俺は怒っているわけでは」

あるかもしれないけれども。

「本当か？　俺を怒らないか？　罵《のの》らないか？」

「罵りはしないかとは思いますが、内容によります」

相変わらず兄上が土下座のままであったので、俺も地面に座り込んだ。汚れすぎた床を見て、いい加減掃除をしようと肝に銘じた。

「実は、実はだな。本当に、のっぴきならない事情があって」

うん、と頷《うなず》く。

「実は」

兄上が、恐るおそると声を出した。顔を上げて、正座をしつつ膝《ひざ》に手のひらを置いている。

「持参金目当てなんだ」

想像以上に最低だった。

「兄上は、人として、どうかしていらっしゃるのですか……?」

「ひえっ⁉　罵らないって言ったじゃないか!」

「罵ってなどおりません!　純粋なる感想です!　もしこれがランダンなら、心根の弱い兄上なら一週間は立ち上がれなくなるほど言葉という暴力を叩きつけているはずです!」

「それもそうだな!　っていうか心根が弱いって普通に言ったな!」

このやろうこのやろう、とぽかぽか細っこい腕を向けられても正直痛くも痒《かゆ》くもない。ただ兄上が言うにはさすがになんらかの事情があるのだろう。今でこそ隠遁《いんとん》していらっしゃるが、このことを父上が知らぬわけがない。考えた。そうして、しばらく前に末の弟から届いた手紙を思い出した。

「まさか」

　このところ日照りが続き、農作物の育ちが悪いと濁していたではないか。はっとして兄上を見た。こくりと彼は頷いた。

「シューケルから聞いているだろうか。今年はな、気候がよくなくてな。もう本当に不作の不作で」

　苦しんだ末なのだろう。なのに自分は呑気《のんき》に、もう少し仕送りを増やせばいいだろうかと、そればかりしか考えていなかった。

「しかしそれだけなら、なんとかやっていけるギリギリだったんだが」

　雲行きが怪しくなってきた。

「父上と二人で相談してな？　ちょっと鉱山を新しく開こうと思って、ばあん、と投資事業に手を出してみたんだ。そしたら驚くほどにすっからかんになってしまって」

「アホなのですか……？」

　純粋なる感想が漏れた。

　しかしさすがの兄上も思うところがあるのか、腕を組みながらしおしおと再び頭を下げた。

「炎色石がたんまり出る鉱山だと聞いたんだ。でも待てども待てども……」

「当たり前でしょう。そんなにホイホイ採掘できるなら、誰しもが大金持ちですよ。と言いますか、なぜランダンに相談なさらなかったのですか！」

「あいつの冬期の休暇まで待てなかったんだ！　今すぐに買わねば次の買い手がいると言われて」

「よくある手法ではないですか！」

再び意識が遠くなった。

ランダンとは下から二番目の弟だ。俺とは違って聡明であり、兄上と父上を支える知識をつけるべく宮廷学校に通っている。せめて母上が存命であったのなら彼らを止めてくださったに違いないのに、と死者に声を届けても仕方がない。

「とはいっても、最悪、他の貴族に借金を申し込むなど他にもやりようはあるでしょう。いやそれこそフェナンシェット家はカルトロール伯爵家の分家ではありませんか。大切なご令嬢だ。そんなところに嫁入りをさせようなど誰が考えますか。正直に話して融資を願いましょう」

「伯爵にはすでに過去、お力をお借りしたことがある……我らが幼き頃だが一度きりという約束だった」

言われた言葉で思い出した。それこそ家族総出で、哀れな姿を見せてやろうとカルトロール家に乗り込んだのだ。あのときの呆《あき》れた伯爵の顔を思い出して頭が痛くなった。しかし他の貴族に頼み込むというのは自分で言っておきながら、案外いい手かもしれない。

「兄上、これではご令嬢にも大変申し訳ない。この話はお断りいたしましょう。カルトロール家に頼らずとも、知恵を絞れば道は見えてくるものです。兄弟全員の力を合わせればできないことなどありません」

時間はかかるかもしれないが、騙《だま》しだましでなんとかやっていけるはずだ。いつかこんなときがあるかもしれないと人脈も作ってきた。

頑張りましょう、と兄上の肩に手を置いた。細い肩だ。この体で家族と領地を守り、戦っている。

クグロフ・フェナンシェットは泣いた。ほろほろと涙をこぼした。いつもどこか飄々《ひょうひょう》として、ふらついていて、それでも家族のためにとひ弱な体に鞭《むち》を打つ彼が泣いた。

あまりにも辛かった。兄上なりに、フェナンシェットのためにと尽力していたことを知っている。

(俺にも、何かできることがあるはずだ)

そのために方法を模索し、王都まで来たのだから。兄上は静かに首を振った。ゆっくりと涙を片手で拭《ぬぐ》いながら、声を震わせた。

「持参金は、もう全部、使ってしまった後なんだ……」

さすがに閉口した。

持参金はすでに手をつけてしまったと涙を流しながらの兄上の言葉に、声を張り上げそうになってしまった。幾度も頭の中からの言葉を呑《の》み込んで、ついでに息を吸い込んで、ため息をついた。

「兄上、いつまでも床の上に座っていてはいけません。安物ではありますが、せめてそちらのソファに腰掛けてください」

「な、何も言わないのか……？」

「言いたいですよ。でもすでにランダンや義姉上にしこたま説教を受けた後でしょう。俺よりもあの二人の方が、よっぽどうまく言ったはずだ」

屋敷を訪ねてきたときから、いつも小さな兄上がことさらに小さく見えた謎《なぞ》が解けた。家族みんなの知恵を合わせればと言ったものの、すでに合わせてこの結果なのだろう。

「……ランダンと、トルテから手紙を預かっている」

トルテ、とは兄上の妻である。兄上は恐るおそると立ち上がりながら、懐から二通の手紙を出した。封を解いて見てみると、想像通りの内容だ。

もともと俺宛《あて》に来ていた縁談をこちらが返答するわけにもいかないし、クグロフ兄上がどうしても諦《あきら》めきれない様子であるからとりあえずそちらに向かわせたが、断ってくれても構わない。こちらのことはこちらでどうにかしてみせる。心労をかけ申し訳ないと、二人共似たりよったりの内容だ。無理が透けて見えた。

「二人にも諦めろと言われたよ。そうだ、馬鹿《ばか》な話だ。でも無理を承知で願いたい。どうだろう、お前もいい年だし、ここらで一つ収まってみないか？　結婚はいいぞ。俺は馬鹿だが人を見る目だけはあるんだ。トルテの実家は俺達よりもさらに貧乏で、まあ周囲にも止められたものだが蓋《ふた》を開けてみろ。あいつはいい女だし、俺の子どもはお前にとっても可愛い甥っ子達だろう？　ところでまたしても男ばかりしか産まれないのは、フェナンシェット家にはもうそういった呪《のろ》いか何かがあるのかな？」

それは知らないが生まれ持った不運はあるのかもしれない。俺達父を合わせた男達はバナナの皮でよく滑る。

それはさておきトルテ義姉上と兄上のことは、そりゃあまあめでたく祝福させていただいたが、それとこれとは話が別だ。と言いたいところだが甥っ子達の顔がちらついた。万一このまま借金が膨らんで、お家取り潰《つぶ》しなんてことになれば、家族を含め領地の民達も路頭に迷う可能性もある。

「……ちなみに兄上、持参金とはいくらほどの金額でしたか？」

ごにょっと耳元で囁《ささや》かれた数字を聞いて、目頭を押さえた。俺の騎士としての給料の、だいたい十年分はある。さすがに今すぐにどうにかなる金額ではない。

「なんでまた、そんな額がすぐに消えてしまったんですか……？」

呆然《ぼうぜん》とし、勝手に声が出ていた。

兄上はもじもじと両手を合わせた。

「いや、投資先がな、今すぐに支払わねば破産寸前なのだと」

「だから、なぜそんなありきたりな手法で……」

何も言うまい。兄も父も、つまりは人一倍のお人好しでもあるのだ。なんとかなる、そう思っていたはずが気づけば財政は火の車。出もしない鉱山に一縷《いちる》の希望を持ちながらも、とうとう破産寸前になっていたところにカルトロールからの申し出があったのだろう。

頭の中で可愛らしい甥っ子達と、弟や義姉の顔、そして領地の民の姿がよぎっていく。

「待ってください兄上。金の話はともかく、やはりこれはおかしな話ではありませんか。俺はエヴァ・カルトロール様と面識はありませんし、カルトロール伯爵が今更フェナンシェットと縁を結んだところでなんの得もない」

「リオ、それはだな、エヴァ様も変わりもののご令嬢という噂《うわさ》なのだ」

そこは恐らく兄上も気に留めていたのだろう。ふむと顎《あご》に手をあてて、訝《いぶか》しげに声をひそめた。

「変わりもの、ですか？」

「なんでも屋敷ではなく離れに一人住んでいらっしゃって、毎日土を相手に喋《しゃべ》りかけているんだと。このままでは嫁の貰《もら》い手もいないところだからな。うちはカルトロールの分家だ。適当に結婚させるにも言いくるめるにも丁度いい、と伯爵も思われたのではないだろうか」

確かに貴族の令嬢としては珍しいのかもしれない。とはいっても俺もクワを振るったことがあるのでそこのところは何も言えない。まあこちらは貴族といっても鼻で笑われる程度の身分なのだが。

「つまり、これは相手も求めている縁談ということなんだ。芋令嬢と呼び名も高い彼女だが、一緒に暮らしているうちに、気づけば愛も芽生え——」

「芋令嬢？」

「ああ、貴族の間でも、いつの間にかそんなあだ名がついているらしい。誰が言い出したのか知らないが」

「兄上はエヴァ様とお会いになったことはあるのですか？」

「いいや、もちろんない」

「なのに見ず知らずのご令嬢を、そのような名で呼ぶのですか！」

いや、会った会わないの話ではない。あまりにも失礼だ。思わずカッと拳を握ると、ヒャッと彼は震え上がった。外では土砂降りの雨が降り始めている。庭とオンボロな屋根の様子が心配だ。

「……すまない、確かにそうだ。調子に乗っていた」

「い、いえ。考えてみれば、俺も彼女にはお会いしたことがないわけですから」

もしかすると本人は喜んでいる可能性だってあるかもしれない。こんなところで言い争うには不毛な話だ。話を戻そう、と咳《せき》払いをした。なんにせよ断ることすら難しいと気づいてしまった。重たいため息を何度落としていたのだろう。気まずい沈黙だった。彼女と籍を入れたところで、まともな出迎えさえもできない。問題は山積みだ。

そんな風に考えながら頭を引っかいたとき、「それならば」と兄が一つ提案した。

さすがの自身もいくつか考えを持ってきたんだ。なに、これならきっとうまくいく。俺はこういった勘はひどくよく当たるんだ——。

あのときの俺は、正直どうにかなっていたのかもしれない。すっかり金を騙し取られた男が何を言っているんだと思いつつも、山のような書類に一つひとつ自身の名を記入していくうちに、いつの間にか頭は冷え込んでしまっていた。しかし後に戻ることもできない。

どうかよろしく頼むと深々と頭を下げ、兄上は静かに姿を消した。と思ったら、傘《かさ》を貸してくれと戻ってきて、しばらく経《た》つと馬車の金が足りなかったと悲しげな声を出してドアベルを鳴らした。あまりにも不憫《ふびん》だった。

作戦は立てた。綿密に、と言うほどには時間もなく、ただあるのは気合のみだ。甥っ子達の顔を思い出せば、きっとなんとかなる。やってみせる。

すでに婚姻は完了した。出迎えをする金もなく場所もない。もともとないものづくしであるのなら、一つ、兄上の策に乗るしかない。様々な気持ちが入り混じった。本当にいいのかと。

眠ることもできず、そわそわと窓から外を見下ろした。幾度か通りすぎる馬車にほっと息をついたとき、とうとう屋敷の前に一つの馬車が停《と》まってしまった。こちらからは令嬢の顔を見ることはできない。彼女の黒髪がちらりと帽子の隙間《すきま》から覗《のぞ》いている程度だ。

畑が好きな女性なのだと兄上はおっしゃっていたが、それでも伯爵令嬢だ。一体どんな女性が来るものかと思いきや想像よりもずっとシンプルな装いで、薄いケープを羽織っていた。それに驚くほどに荷物も少ない。貴族のご令嬢には珍しく髪も長くはなく、肩口ほどだ。ふと彼女がこちらを見上げた。ぱちりと瞳がかち合ったような気がして、慌てて部屋の中に引っ込んだ。

しかし気のせいに決まっていた。なんていったって汚れだらけの窓だ。外からではろくに見えやしないに決まっている。それじゃあ何を見上げていたのだろうかと疑問に思いつつも、バタバタと急ぎ足で食卓に向かって炎色石を叩いて鍋を温めた。今日はとくに冷え込んでいる。

本当に、いいんだろうか。思考がぐるぐると渦巻いて、ひどく胸が痛かった。

再度こっそりと窓から覗いた。もう少しでベルが鳴る。彼女の動きに連動して、屋敷中の鐘がちりちりと訪問客の存在を示した。むっと眉間に皺を寄せた。こんなものだろうか。いや違う。口元を引っ張って。こうか。こうだ。なんて情けない。

——すでに自身の妻である彼女に、嫌われる努力をしなければいけないだなんて。

第二章　きらきら星を見つけるまで

と、まあなんとかリオ様の葛藤《かっとう》という名の思考を聞きながらも、それはまあ大変でしたね、とスープをすすった。この料理の名前はナベ、というそうだ。住む場所が違えば食べるものも違うという典型だ。リオ様がお生まれになった場所はここよりもずっと寒い場所らしい。

私はお会いしたことはないけれど、リオ様のお兄様、つまりは私の義兄となったクグロフ様の秘策とは、リオ様が私に嫌われ、私からの離縁を望むこと。

確かに今更子爵であるフェナンシェット家から全《すべ》てを取り消してほしい、なんて言うわけにはいかない。しかし私から言い出したのなら別だ。もともと父が金をちらつかせてこぎつけた婚姻だ。彼らの本意でないというのならば協力することはやぶさかではないけれど、お父様もいつまでも私を引きこもらせるわけにはいかないと、こちらも頭を悩ませた結果だ。

だから少しばかりの親孝行をしたいし、十ヶ月の法律というものがある。

私が知ったのは山ほどある書類にサインを走らせていたときなのだけれど、実は結婚すると、十ヶ月の間は何があろうとも離縁ができないとされている。女が子を身ごもってしまっている可能性があるからということだ。

でもいつ離縁したところで、その可能性がつきまとうのだから正直なところ意味のない法律なのだけれど、昔々とってもおせっかいな王様がいらっしゃった。

その王様のおかげで貴族が婚姻する際には膨大な書類が必要となってしまった。つまりペンを持つ根気が失われるようなら、その結婚は諦《あきら》めた方がいいという彼からのメッセージなのだけれど、本当に余計なお世話だ。

そしてその法律、今では体《てい》の良い離婚の理由に使われているのである。つまり十ヶ月経《た》った際のその日にぴったり縁を切った夫婦は、『夜の相性が悪かった』ということになる。初夜に行うことを行ったものの、それ以降は諦めて縁を切ったカップルということだ。

もちろんこれはあくまでも建前で、本当なら様々な事情での離縁はある。しかし周囲にはそういうことだから、とやかく言ってくれるな、という意味になる。らしい。

書類に必死でペンを走らせている際に、お父様の書記官がぼんやりと考えていたことだ。まさか自分にもそれが当てはまることになろうとは。

クグロフ様は、十ヶ月目丁度の離縁を提案した。それならば夜のデリケートな問題となるから噂《うわさ》することも品のないことで、仕方がないことだったのね、とふんわり見逃《みのが》される。

おせっかいな王様だと思ったけれど、やっぱりありがとうございます、と心の中で頭を下げてみた。

随分、もとの意味からひねくれてしまっているけれど。

リオ様の心情はというと、兄に言いくるめられたと感じている部分が大半だった。たとえこの先何があろうと、向こう十年タダ働きでも、返済を行おうと考えていらっしゃる。気にしなくてもいいのにと私個人としては思ってしまうけれども、そこはまあ父の資産であるので私が口を出すことはできない。

リオ様の中では私への謝罪であるとか、領地の心配であるとか、様々なものがぐるぐると渦《うず》巻いている。でも残念ながらそれを知っているふりもできないので、素知らぬ顔でスプーンをゆっくり口に含んだ。

食卓に着いているリオ様を見てみたところ、相変わらず厳しい顔つきをしているものの、事情を知って見てみればひたすらに目が泳いでいた。初めこそはこちらを見ていたけれど、罪悪感から目を合わせることすらできなくなってしまったらしい。

しかし彼も案外演技派だ。

彼の思考を取っ払って見てみれば、私のことを見るのも嫌で顔をそむけているようにも見える。給仕をする侍女がいないのは、嫌がらせではなくお金がないから。部屋が薄汚れているのも、忙しいから。会話もなくただただ食事をかき込んでいるのは、この場から立ち去りたいわけではなく本当に時間がないから。

借金という名の持参金を返済すべく、彼は休日も返上して働きに出ねばならないのだ。

「申し訳ないがあなたに付き合う時間はない。部屋はどこを使ってくれても構わない。勝手にしていてくれ」

こちらの顔すらも見なかった彼の心の中といえば、（俺はエヴァ様とお呼びすべきなんだろうか。でもエヴァさんでもやっぱり問題ないだろうか。まさか呼び捨てなどできるわけもなく）と悶々《もんもん》と思考していたため、唇を必死に噛《か》んで吹き出しそうになるのを堪《こら》えた。

自分の引きこもりを脅かすものを除いて、私はなんでもいいですよと肯定して生きてきた。それが一番楽だった。自身のギフトを誰《だれ》にも知られるわけにはいかない、ということは幼い頃《ころ》から理解していた。でも他人の心情にうっかり返答をしてしまうこともあって、それならばと気づいたのがなんでもイエスということ、だった。

これならばもし間違って心の声に反応してしまったとしても、ぼんやりと生返事していたと言い訳すれば済むことだ。はいはい言っていれば、だいたい会話はなんの問題もなく進む。引きこもって生きていても、やはり人との接触は避けられないときだってある。そしてこの信条のせいでお父様に流されるままに流されて、この屋敷までたどり着いてしまったのだけれど。

（でも考えてみれば、お父様が私を離れから無理に連れ出すということはなかったな）

引っ張り出そうとするのは、いつも兄達の役目だった。

「エ……」

リオ様が、ぽつりと呟《つぶや》いた。考えにふけっている場合ではなかったと顔を上げると、相変わらず彼は難しい顔をしている。

「え、エヘン、えへん」

私の名前を言おうとして、無理やりにごまかしたらしい。エヴァ様と言うべきか、いやしかしと未《いま》だに葛藤している。どちらでも大丈夫ですよと言って差し上げたいけれども我慢した。

「げふっ、ごっふ」

変に咳《せき》をしてごまかしたから、ものが喉《のど》に詰まってしまったようだ。苦しむ顔をごまかす彼がひどく気の毒だった。せめてお水を渡してもいいだろうかと迷っているうちに、リオ様は素早く食事を口の中にかき込んで、あっという間に自分のお皿を片付けてしまった。お仕事に行かれるのだ。

見上げた後で、いやいやと気づいた。形ばかりとはいえ、私はすでにフェナンシェットの名をいただいた。まさかぼんやりと見送るわけにはいかない。

思わず立ち上がったところ、「あなたは来るな」とぴしゃりと言葉を叩《たた》きつけられた。同時に聞こえた声は、（やってきたばかりなんだから、どうかゆっくりしてくれ）というものである。

リオ様は食事の場所やら、生活に必要なものの場所を私に早口に説明して、大きく息を吸い込んだ。それから覚悟を決めたとばかりに背中を向けて、扉に手をかけた。

「あの、行ってらっしゃいませ」

ぺこり、と頭を下げると、ひどく意外気な思考が流れた。

行ってきます。そう聞こえたのは、心の中だ。実際の彼はそのまますたすたと大きな背中を見せて消えてしまった。

どたばた聞こえる音は彼が自室に駆け込んだ音だろう。まさか寝起きを装った格好のまま外に出るわけにはいかない。曇《くも》りがかった窓から見下ろすと、群青《ぐんじょう》色の制服に着替えた彼が大股《おおまた》で走っていく姿が見えた。窓にそえた指を外して、はあ、と大きくため息をついた。

「緊張した……」

私だって怖かった。

自分なんて、とっくに信用していない。何かしでかしてしまうのではないかとヒヤヒヤして、心臓がどきどきしている。あまり人には慣れていないから、あるのはにこやかすぎる笑みの分厚い仮面だ。自分のほっぺを引っ張った。ちゃんと痛い。

「私、変な子じゃなかったかな……」

不安になってリオ様の思考を思い返している自分が嫌だった。こんなギフト、なければいいのにと何度も考えているくせに、結局それに頼ろうとする自分がいる。

「……でもリオ様、なんだか落ち着く人だったな」

きっと常に心配事があって、頭の中がざわざわしているからだ。大きなお風呂《ふろ》の中で頭ごと沈んで水の音を聞いているときとどこか似ていた。なんにせよ、とほっぺをパチンと叩いた。

「ここは、私のお家《うち》なのよね⁉」

堂々と言うのも気が引けるけど間違いではない。館《やかた》の管理をするのは女主人の役目と聞く。勝手にしていいと言っていたし！　と玄関から応接、キッチン、階段とするすると視線を移動していく。積もりつもった汚れは中々手強《てごわ》そうだ。ごくりと唾《つば》を飲み込んだ。

「やりがいが、ありそうだわ……！」

侍女はおらず、土と埃《ほこり》はお友達だ。さっそくホウキとちりとりの場所を発見した。残り十ヶ月、居心地のいい場所を手に入れるくらいきっと許されるはず。それくらい思ってもいいだろう。

リオ様が帰ってきたのはとっくに深夜も過ぎた頃だ。お帰りの時間がわかるようにと入り口近くの部屋のベッドを使っていたからよくわかった。そのときだ。

（初夜！！！！！！）

思考の爆音が響いた。基本的に私の近くにいなければ聞こえない声だけど、まれにあまりに思考が爆発すると、どれだけ距離が離れていても聞こえるときがある。

（考えてみれば今日は初夜なのか!?　いやしかし、まさか手を出すわけにもいかないし、かといってエヴァさんはそうだと思っているわけだから!?　ここを逃げるとあまりにも失礼なのか!?）

なんだか混乱していらっしゃる。

せめて帰宅の時間を早めることができればよかったのに、と鬱々《うつうつ》とした思考を吐きつつぐるぐると同じ場所ばかりを回っているらしいリオ様の足音と声を子守唄《うた》に、ウトウト眠ることにした。

翌日、食卓に着いたリオ様の目の下にはくっきりと大きなクマが住み着いていた。

ちょっと可哀想《かわいそう》だった。

真っ暗闇《くらやみ》の中に私はいた。

さて、まずはどうしよう。前に立つ勇気もなくて、怖くて、怖くてたまらなかった。ナイフが一本落っこちていた。それには触ってはいけない。近づいてもいけない。

人とは、たまらなく恐ろしい。ぞっとする。体中の震えが止まらない。

だからいつの頃からか、距離を置くことにした。

手探りで畑を作った。わけもわからず畑と離れの小屋の周囲には柵《さく》を打ってもらった。一本いっぽん増えていく度に、まるで自分を守ってくれているようで少しずつ震えは消えていった。

結局は父の力に頼ることになったが、できる限り人には近づきたくはなかったから、小さな手のひらを懸命に使った。慣れないことをしたものだから、手のひらはぼろぼろになった。

なあエヴァ、戻っておいで。こっちにおいで、と言う兄達の言葉は本心からだということはわかっている。でも嫌だった。やめてお願い、あっちに行って！　とにかく叫んだ。

お父様がこちらを見ている。

だから真っ暗な中を走って逃げた。

傷つきたくなんてない。知りたくもない。傷つけたくもない。そう願って、泣きながら目を覚ましたのはいつものことだ。

ぐすぐすと片目を拭《ぬぐ》った。短い呼吸を繰り返した。ここはリオ様のご自宅だ。潜り込んだベッドから抜け出して若草色のカーテンを持ち上げると、太い木の幹がちらりと見えた。外はまだ日も昇りきっていない。

窓を開けて、そっと息を吸い込むと爽《さわ》やかな匂《にお》いがした。昨日見たオレンジの香りだろう。

(頑張ろう)

誓った言葉だ。

できることはたんまりある。両手で強く、頬《ほお》を叩いた。

「昨日できたことといえば、本当にちょっとだったのよね!」

物の把握に手こずってしまったから、満足には程遠い。

家主の彼はというと、帰宅の時間も遅かったからまだ自室の中にいるかもしれない。なるべく音を立てないようにと気をつけたとき、ギシリと大きく床が音を鳴らしたものだから跳ね上がった。

「ひ、ひゃ……っ!」

自分の口元を必死で押さえて、周囲を見回す。大丈夫。

まずは朝ごはんの準備からとたどり着いたキッチンは、それほど掃除の必要がなくて幸いした。昨日リオ様がお仕事に行かれている間にこちらも下準備をしていたのだ。よしよしと具合を確かめて、かまどの中に叩き合わせた炎色石《えんしょくせき》を放《ほう》り投げた。

(エヴァさんは、どこにいるんだ……?)

それほど長い時間が経ったわけではない。朝食もなんとか形になってきたところで、自分の名前が聞こえてきたものだから思わず周囲を見回した。ゆっくりと足音が近づいてくる。知らないふりをするように改めてエプロンの紐《ひも》を締め直した。ぴたり、と止まったのは扉の前なのだろう。

（なんだかいい匂いがする……）

寝ぼけているらしい。リオ様は扉を開けて、私と目が合うと翠《みどり》の瞳《め》をパチクリとさせた。相変わらず幼い表情に見える、と思ったそのとき、いきなりぎゅむっと目をつむって気合を入れたらしく一瞬のうちに険しい顔つきに変わった。どうやら頑張っている様子だった。

ゆったりとした服は寝間着なのだろう。少し目のやり場に困ってしまったところ、彼は慌てて自身の服をぺたぺたと触った、のは一瞬で、むんとふんぞり返った。

一体何に問題が？　と言いたげな顔つきだが、頭の裏側では羞恥《しゅうち》に染まって湯気が吹き出している。そうだ、家にはエヴァさんがいるんだから、ちゃんとした格好をすべきだったな！　ところで呼び名はエヴァさんでいいんだよな！　こんなところだ。お好きにお呼びくださいな。

「リオ様、おはようございます」

「ん、ああ……」

相変わらず彼は心の中ではきょろきょろと困惑していた。まずは挨拶《あいさつ》をすべきかと考えて、困った末に彼がしたことといえば長く息を吐いた程度だ。それから視線をそらして、いやしかし、せめて何か言うべきだろうと葛藤した。

「なんとも朝からご機嫌なことだ」

結果、出てきた言葉はこれだった。すぐさま後悔の波がこちらに押し寄せてくる。こんなことを言ってしまった。大丈夫だろうか、とビクビクしてこちらを窺《うかが》っている様がよくわかった。

「はい、ご機嫌ですとも」

にっこり笑うとリオ様は難しい顔つきをしている。眉間《みけん》の深い皺《しわ》は気合を入れているのだろう。気を抜くとすぐに元通りになってしまうらしい。

「嫌味も通じないとはな。これには驚いた」

とは言いながらも、内心はほっとしていた。そのときぱちりと、やっとこさ彼と視線が合ったのだ。

(エヴァさんは黒髪に青い瞳だったんだな。昨日は瞳の色さえ気づかなかった)

罪悪感に胸と頭がいっぱいで、まともにこちらを見ることもできなかったようだ。妻の顔をまともに見もしていないとは情けないことだと聞こえた感想に、少しばかり居心地の悪さを感じた。そう、リオ様は確かに書類上とはいえ私の夫なのである。たとえ終わりがどうなろうとも。

(確か兄上は、芋《いも》令嬢と例えていらっしゃったが……)

続けてリオ様は記憶を思い起こした。

少しばかり苦笑してしまいそうになった。もちろんそんな表情を見せるわけにはいかなかったけれど、彼もそのあだ名を知っているのだと思うとなんだか申し訳なくなった。畑にこもって独《ひと》り言ばかりを呟いているおかしな伯爵令嬢だと周囲の人達からは噂されていることは知っている。仕方がないし、事実である。

私としては慣れたものなのに、リオ様自身は思わずそう考えてしまったことに後悔をしているようでひっそりと唇を噛んでいらっしゃるらしく、なんだか不思議な感覚だった。

(失礼なことを考えた。偉そうに兄上に説教までして、ひどく恥ずかしい)

私の呼び名で一悶着《ひともんちゃく》あったのだろうか。あなた、今から私に嫌われるつもりなのでは。そんなことで大丈夫ですか？　と心配してしまいそうになったけれど、それはともかくと声をかけた。

「リオ様、まずは朝食にしませんか？」

「食事なら保冷庫の中にあるが……」

疑問の声はそっくり心の声と同じである。そのことは出かけに彼が早口で説明してくれていた。

「拝見しましたが材料がありましたので、なんとかできそうかなと」

そろそろ焼き上がった頃合いだ。香ばしい香りがかまどの中から漂ってくる。少しばかり失礼しますと頭を下げて、私はかまどの扉を開いた。立てかけていた金具で中身を取り出し、テーブルに準備していたお皿の上にパンを並べる。

茶色い色合いがよくついていて、胸をなで下ろした。離れにいるときはよく焼いたものだけれど、人様の家で出す食事だ。緊張もする。生地に十字に切り入れていた箇所はうまく開いているようで、はたいた粉の間から練り込んだコーンがぷちぷちと飛び出ていた。これがまたおいしいのだ。

水洗いした野菜のサラダとカリカリのベーコンエッグを食卓に置いていく間、リオ様は驚きを隠さず、あんぐりとお口を開けていた。

「これは一体、どこから……？」

どこと言われましてもと少しだけ困ったところ、彼はハッとして顔を上げた。

「まさか、あなたが作ったなんて」

「ええ、まあ、その……」

肯定しつつも、簡素なものしか作ることのできない自身を悔やんだ。

立派なものは難しいが、私一人が楽しむ程度なら食事を作ることもできる。でも人に出すことを前提としていなかったから、こんなことならもっとちゃんと練習しておけばよかったとひっそりため息をついているのに、リオ様は大層な衝撃を受けたらしい。

「カルトロールのご令嬢が、作った⁉」

「ええ、その、あとは掃除も少しさせていただきまして、なんとかできそうだなと」

ほんの少しですけど、と指の先を合わせたのに、お構いなしにリオ様は驚いて、幾度も瞬きを繰り返している。

「そ、掃除もしただって……⁉」

とにかく彼としては衝撃的なことだったようだ。周囲を見回して、確かにピカピカになっているぞ！　と頭で叫んで食卓の窓を凝視している姿を見ると、少しばかり恥ずかしかった。大したことはしていない。

なんにせよ、今日もリオ様は早くからお仕事のご予定なはずだ。すっかりそれは彼の頭の隅に追いやられているけれど、今日も明日も、明後日も借金という名の持参金を返済すべく馬車馬のように働かなければいけないと昨日の時点で考えていらっしゃった。

ならば私がすべきことは、素早く朝食の準備をすることだ。困惑する彼を、どうぞどうぞと席にご案内した。

「本当に勝手をして申し訳なかったのですが」

食器棚から見つけたフォークとスプーンを並べていく。

「いや、それはもともとこちらが許可をしていたので構わないんだが」

あまりのスピーディーさにうっかりリオ様も本音が溢《あふ》れていらっしゃる。よかったと心の底でひっそりと安堵《あんど》した。勝手にしていいと言われていたものの、本当にしてしまっていいんだろうかと不安を抱えていたのだ。言質《げんち》は取ったと満足をして、二人一緒に食卓に並んだ。

タータンチェックのテーブルクロスは、見つけたときに洗濯をしておいた。あまり天気もよくないのにしっかり乾いてくれて安心した。二人分には大きなテーブルだがその分料理も並べやすい。

さて、どうぞ、と。

声に出さずに彼を見つめた。さすがの私でも、家主よりも先に食事に手を出す勇気はない。リオ様は恐るおそる手を伸ばして、まだ温かさが残るパンを頬張った。

ぱっと花が咲いた。ひとくち、ふたくちと進んでいく。その度に彼の周囲ではほわほわとお花が散って、ピンクの花が咲き誇った。よかった、彼のお口に合ったようだ。

リオ様は仏頂面な顔つきで、無心に頬張りながらも心の中では嬉《うれ》しい言葉を教えてくれたけれど、私だってカルトロールの人間だ。もちろん家族の晩餐《ばんさん》に呼ばれるときだってあるし、きついドレスで体を締め付けることもある。

そのとき食した料理長の手製よりも、自分の食事がずっと稚拙《ちせつ》であることくらい知っている。本当なら恥ずかしいくらいだ。でもいつまでも恥ずかしがっているわけにもいかない。

「……あなたの分のナイフがないようだが。一つ、二つくらいの予備は置いている」

「ひえっ、大丈夫です。私はあまりナイフが得意ではありませんから……！」

訝《いぶか》しげなリオ様の顔に、慌てて首を振ってぷすりとベーコンエッグの黄身にフォークを刺した。そしてゆっくりと口をつけた。――おいしい。

あらと驚いて、自分が持っているパンを見つめた。さくさくしてふわふわして、なによりなんだか温かい。使う材料にそれほど差があるわけじゃない。それでも離れの中で一人きりで食べているときよりも、ずっと。

リオ様と食べるご飯はおいしい。

「…………」

「…………」

互いに無言なのに、まるでそんなことも忘れてしまう。

それはきっと目の前の彼の表情と気持ちの差が大きくて、大変なことになっているからなのだろう。

リオ様は半熟のベーコンエッグにすっとナイフを入れて、とろりと溢れた黄身に喜び、頭の中でぽぽんと飛び出た花にジョウロで水をやったと思えば、仕事やら色々な不安に思いを寄せてすぐさま雷鳴が響き渡る。でも黄身にひたしたベーコンを口に入れた瞬間に穏やかな春の風が吹いてくる。

とにかく彼は忙《せわ》しない人だった。

飽きなくて可愛《かわい》らしくて、なんにも会話はないはずなのに楽しくて勝手に口元がほころんだ。まるで大きな犬みたいだ。それもとびきり尻尾が大きくて可愛らしいようなと彼を表現する私を、リオ様がじっと見ていることに気がついたのはしばらく経ってからのことだった。

ぱちりとかち合った瞳は本日何度目か。なのに彼の翠の瞳を見ると奇妙に恥ずかしくなった。あまり人と接する機会が少なかったということ以上に、年上の男性とこんな風に二人きりになることなんてなかったからだろう。すぐに視線をそらして手元のスープを飲み込んだのに、勝手に読み取ってしまった言葉に驚いた。

（本当に、噂は噂なんだな。可愛らしい方じゃないか）

ひっくり返ってしまいそうだった。

何を言っているのかとスプーンが震えて落っこちそうになって、これは聞いてはいけないものだったと思うのに、どんどん彼の声が聞こえてくる。笑顔が可愛らしいなとか。綺麗《きれい》な髪だ、とか。

勝手に頭の中に入り込んでくる彼の感想に口元を押さえて、顔を隠してしまいたくなった。でもそんなことをするわけにはいかない。恥ずかしくて、きゅっと口元を噛みしめた。

（ん？）

リオ様から不思議気な声が聞こえる。

(ひどく耳の後ろが赤いぞ。どうしたんだ)

人から自分の素振りを見られていることが、こんなに恥ずかしいことだとは思わなかった。私は体を小さくさせて、残りの食事を必死に終わらせた。

こうしてちぐはぐな、私とリオ様の十ヶ月ばかりの新婚生活が始まったのだ。


どうすればいいのかと、とにかく彼は困っていた。

「まったく暇なことだな。食事は配達屋がいるというのに。酔狂と言ってもいいかもしれない」

ツンケンした言葉はリオ様の本意ではないものだ。書類を幾枚も重ねようと、いきなりできた嫁である。扱いにも困るし、嫌われなければいけない。なのに、なのに。

(飯が、うまい……!!)

心情とすれば泣いていた。なんだかありがたいような、申し訳ないような。私からすれば、相変わらず簡単なものしか作れませんよという感想である。

リオ様のご自宅にやってきてから彼との生活も少しずつ慣れてきた。好きにしていいと言われた言葉の範疇《はんちゅう》には家の外に出てもいい、という意味も含まれているようだけれど、私は変わらず家の中で過ごした。

とにかく目標は『居心地のいい空間を作ること』だ。この家を出るまでに、屋敷を輝くほどにピカピカにする。これはやりがいがあり、反面、骨の折れる作業になりそうだった。まだまだ終わりが見えないのは、終わりまでにやるべきことが多くていいことなのだろうか。

玄関から食卓までの道は見える範囲で綺麗にはなっているものの、それ以外はとにかくひどい。来客を前提としていないいくつかの部屋は埃だらけで、リオ様の自室の廊下は砂まで目立つ。もちろん庭だって草木が溢れていて、野性味が溢れているといえばいいけれどさすがにちょっとやりすぎだ。部屋を綺麗にしたら次の目標まで待っている。

毎日いそいそ掃除を始める私を、リオ様はまさか侍女としてやってきたわけではないだろうにと困惑の瞳で見つめていた。いやしかし汚い家に閉じ込めている俺が一番の問題だと葛藤して耐えかねたようで、結果、見ないふりをすることにしたらしい。

彼は朝が早く夜が遅い。持参金という借金の返済のためとにかく馬車馬のように働いている。ご一緒できるのは朝食の時間が大半で、あとはときおり夕食も。初めは私が食事を作ることに申し訳ないと心の中では抵抗を続けていたようだが、一週間もすれば、今日の飯はなんだろうと大きな体から尻尾が見えて、ぶんぶんと振り回しているように見えた。

しかしパンの量が足りないとひっそりと嘆いていらっしゃることに気づいたから、翌日は少し増やしてみると、リオ様はふんと鼻で笑いながらもふもふ頬を膨らませていて、このときばかりは見かけすらも説得力がなかった。大きな体だからきっと食べる量が多いのだろう。自分を基準に考えてはいけないなと反省した。

きっとこうして平和に時間が過ぎていくのだろうと思っていたのに、深夜帰宅した彼がおばけのように大きなカボチャを抱えていたときは、さすがに両の目を見開いた。

できる限りリオ様のお帰りを出迎えたい、と思っている。それが形式上とはいえ妻の仕事であるような気がしたし、必死に彼が仕事をしているのにベッドの中ですやすやと眠ることはできなかった。

おかえりなさいと初めに出迎えたとき、言葉はなくともただいまと伝わった声が優しくて、それをもう一度聞きたいなと思っての繰り返しだ。

さて、目の前にはどんとカボチャを抱きしめたリオ様がいる。何を言うべきかと両手を合わせて玄関で出迎え、彼を見上げた。群青色の騎士服も大きなカボチャに隠れて上半身はよく見えない。

リオ様本人はといえば、とても真面目《まじめ》くさった顔をしていた。

何度見ても、立派なカボチャだ。

これは一体どう反応するのが正しい対応なのだろうかと逡巡《しゅんじゅん》した。正直、早く近くに来ていただいて、その思考を読み取りたいとさえ思った。私のギフトよ、力を振り絞ってくださいな。自分のことを考えているのならば読み取りやすいのだが、そうでなければあまり距離があるとわからない。

「あ、あの、おかえり……なさいませ？」

疑問で首を傾《かし》げてしまったのは無理もない、と思ってほしい。

「ああ」

相変わらず無口を装っているリオ様だが、靴の裏の泥はすでに外で落としているらしく、ゆっくりとこちらに向かってくる。外はもちろんどっぷりと日が暮れている。遅くまでご苦労様です、と言っていいのか。やめておくべきか。いやその前に。

「あの、そのカボチャは……」

これは絶対に聞いていい。むしろ、聞かなければ不自然である。リオ様はとても冷たい表情でこちらを見ていた。どきりとした。

(このカボチャを食べたい)

聞こえた声に、さすがに口から妙な息が飛び出してしまいそうになった。た、食べたい。何がどうなって。

「もらったものだ。私には不要なものだが、好きにしたらいい」

(騎士団には畑があるからな。俺以外にも実家ではクワを振っていたやつが多いから、ときおりむしょうに畑をいじりたくなるんだ)

出来上がったものは分配しての持ち帰りだが、これはどうしても譲れなかったと強い気持ちが伝わってくる。カボチャがお好きなのですね。

騎士といえど、仕送りのため自身のギフトを武器に村から飛び出てきた若者も多いと聞く。訓練代わりに敷地の端を借りているらしく、畑が恋しくなったリオ様がこっそりと始めたはずが、いつの間にか面白がった人達が集まって立派な畑になったのだと。

頬に手のひらを置いてなるほどと考えていると、じっとリオ様が私を見ていたものだから妙に緊張した。

（俺がこんなことを考えるのも申し訳ないし言うことなんてもちろんできないけれど、エヴァさんと食卓で顔を合わせると、ひどく一日が明るくなる）

リオ様の生家であるフェナンシェット家には大勢の家族がいた。お父様やご兄弟や甥《おい》っ子達に囲まれてわいわいと明るいご家族とともに育った彼にとって、一人きりの食事はひどくわびしいものだったた。会話をすることもなく、ただ目の前で食事をする形ばかりの妻であろうとも、誰かと一緒に食事をするということが彼にとって花咲くものであったようだ。

それは少しばかり、私にとってもとても嬉しいことだった。

リオ様はたくさんのことを考えていた。

俺に合わせて朝も早いだろうにとか。早く寝てくれとか。

もしかしたらこれでまたうまいものを作ってくれるかもしれないけれど、大変だろうからそんなことを考えていてはいけない、と自分の期待を頭の中で殴ったりと忙しくしている様をしっかり隠して、じっとこちらを見下ろしている。

気持ちを落ち着かせたのか、彼はため息を一つして、大きなカボチャを廊下の隅にごとりと置いた。さも興味がないというように適当な仕草を作っていた。

本当に立派ねと私はカボチャの頭を上から覗《のぞ》くと、はあ、とリオ様が再度ため息をついた。

「こんな時間まで何を考えているんだ。さっさと部屋に戻ってまともな格好に着替えてくれ」

まともな格好とは、と自分の服を慌てて確認した。夜もすっかり暮れている。昼間用の胸下を帯で締めたワンピースから、ゆったりとした服に着替えていた。

少しばかり気が抜けすぎてしまっただろうかと恥ずかしくなったとき、これから寒くなってくるのに、風邪《かぜ》でも引いたらどうするんだと怒ったような声が聞こえたのと、ばさりと彼の上着がかけられたのは同時だった。縁に金の装飾が見える、リオ様にはよく似合う深い青の制服だ。

想像よりも大きくてびっくりして、彼の匂いがよくわかった。脱いだ服の下は硬い白いシャツを着ていて、いつもよりも体つきがよくわかる。しっかりと鍛えていらっしゃる体だった。

だぼついた彼の服を抱きしめるように持ち上げて見上げると、一瞬ののちに、彼の思考は爆発した。

間違えた、ととにかく叫んでいた。

彼女の部屋に戻ればいくらでもエヴァさんの服はあるだろうに、わざわざサイズの違う俺の上着を渡すことはないだろう、とか。でも今更返してくれなんてもちろん言えない、とか。知ってはいたけれども、こうしてみると俺よりもずっと小さいのだなとか。

困りあぐねた彼の考えを覗いて、私だって何を言えばいいのかわからない。なぜならリオ様の表情は硬く眉間に皺を寄せたままだからだ。知らないふりをするしかない。

「あ、あの、ありがとうございます」

とにかくカボチャをなんとかせねば、と思って彼の上着に袖《そで》を通した。すると更にリオ様のお考えは飛び上がって、天井に叩きつけられたかと思うと、床に這《は》いつくばって消えてしまいたそうに震えている。

しかし彼は力を振り絞って重い思考から立ち上がった。私より先にとカボチャを持ち上げたのだ。上着を脱いだシャツのまま軽々と大きなカボチャを持って、逃げるように去っていく。通りすぎたときには、こんな重たいものをエヴァさんに持たせるわけにはいかないと、優しい気持ちが伝わった。

足の速い彼は素知らぬ顔でキッチンの隅っこにカボチャを置いて、食卓に着いていた。

「……なんだ、あなたもまだ食べていなかったのか？　こちらとしても目の前で腹を鳴らされてはたまらないな」

俺なんて待たなくたっていいんだ、という意味だ。でもありがとう、と。

私も一緒に席に着いた。言葉なんて何もないのに、にぎやかな食卓だった。彼の上着は寝る前にしっかりとお返しすると、心の中でひどく照れていて可愛らしかった。

それからリオ様は、定期的にお野菜を持って帰ってきてくださるようになった。

レパートリーが増えてありがたいといった旨をお伝えすると、ぽっぽと頭の後ろでは花が飛んでいて、相変わらず「好きにしたらいい」と呟いて、背中ばかりが喜んでいた。

互いに少しずつ会話をするようになった。それは決して饒舌《じょうぜつ》なものではなく、ただ今日あったことを私が一方的に報告するくらいだけれど、大きな変化だった。

ある日のことだ。今日はどの部屋を掃除したのかとリオ様にご報告をしていたとき、彼はパンをちぎりながらふと思い出したかのように私に問いかけた。

「そういえば、あなたはどの部屋を使っているんだ？」

「え？　はい。一階の、一番入り口に近いお部屋を使わせていただいています」

とっても居心地がいいものでと告げる前に、彼は大きく瞳を開け声を震わせて怒鳴った。

「あなたは何を言っているんだ⁉」

ぴしゃんといきなり落ちた雷にびっくりして持っていたスプーンを落としそうになってしまった。

彼はこんなに眉間に皺を刻んでいても、温厚な方だと思っていたからだ。でもその怒りに染まった表情は私に対してではなく、自分自身に対してだということに気づいたとき、二度驚いた。

「何を考えているんだ。信じられない」

怒りに震えた声は私に向けてではなく、リオ様自身に向けられたものだ。

（この家にはエヴァさんが一人きりだから、何があるかもわからない。なのに一階の、しかも玄関近くだなんて！　そんなことにも気づかず、俺は彼女を一人きりにさせていたのか）

伝わってきたのは、ひどく悔いている感情だ。

カルトロールでも一人きりだったから、そんなことはすっかり抜け落ちていた。万一、不審な人間が近づいてきたとしても考えは読めるし、あそこは父の敷地内でそれこそ近くに警備の人間が四六時《しろくじ》中《ちゅう》立っている。考えが足りなかったのは私だとすぐに謝罪した。本当に、彼は私のことを心配してくれていたのだ。

すぐさま私は部屋を引っ越すことになって、リオ様はお忙しい中でも少ない荷物のために手伝ってくださった。大丈夫ですからと必死に告げても、無視するようにあっという間に私の荷物が新たな部屋に押し込まれて、「とにかく、危険のないように」としっかりと怒られた。こうして少しずつ私とリオ様との生活が形作られていった。

料理も掃除もしなくてもいいとリオ様は言うものの、心の底ではありがたく感じてくれていることを知っている。それからときおり私のことを可愛らしい、と呟いていることも。とても恥ずかしかった。綺麗な髪だな、と思っていることも知っている。

傷《いた》む前に切ってしまっているのだから、男性の彼にはそう見えただけだ。実際はくしゃくしゃで櫛《くし》でだってあんまりとかさない。

気の毒な方だと思ってしまった。

彼の審美眼に異を唱えたいわけではなく、心の中でひっそりと考えていたことをその本人に見抜かれ、そうとも知らず素知らぬふりをしている彼が不憫《ふびん》でたまらなかった。

これだから自分のギフトなんて嫌なのよと息巻きながら、椅子《いす》に座ってため息をつきつつ髪をとかしている自分に気づき、声にもならない悲鳴を上げてぽすりとベッドに櫛を投げつけた。

まさかリオ様に聞こえてしまってはいないだろうかと周囲を見回して、自分自身の胸元に手を当てた。

とにかく緊張しているのだ。

可愛い、と言われた（考えられた）日には気になってそわそわして、慣れない言葉を何度も思い出した。

一応年頃の女ではあるので、櫛は鞄《かばん》の中に忍ばせてはいたのだ。日の目を見る日はいつになることやらと自分自身では笑っていたつもりなのに。つやつやしている黒髪だなんてリオ様が会う度にこっそり思うから、私も気づけばおかしな行動をしてしまっている。

なんで俺のところになんか来てくれたのだろう。縁談なんて、よりどりみどりだったに違いないのにと口を閉ざして首を傾げる彼は、どう考えてもこちらを買いかぶっている。こんな日に焼けて、侍女どころか下働きのようなことをする女なんて誰がもらってくれるというのだ。

ときおり互いにぎくしゃくとしていた。しかしそうであるのは私だけではなく、日々、リオ様も頭を悩ませていらっしゃるご様子だった。

なぜなら私達は十ヶ月で別れる予定の夫婦なのである。

（そもそも、嫌われるって、どうしたらいいんだよ……）

これは最近のリオ様の呟きである。私達は十ヶ月で別れなければいけないから、不仲になる予定なのだ。しかし方法が思いつかない。最近は俺の眉間の皺も辛くなってきたし、せめて傷つく言葉を言いたくない、今でこそ失礼な態度を取っているのだ。と考えている彼の気持ちはお見通しだ。

それなら食事がまずいと言って食べなければいい話なのに。リオ様の優しさにつけ込んでいるのは私の方だ。どうなることやらと夕食を食べている最中に、「申し訳ないが」とリオ様からの言葉をいただいた。

「少しばかり外出する。そう長くはないが、戸締まりはしっかりしてくれ」

「わかりました。一体どちらへ？」

心の声を聞いたから、もう知っている。仲良しのご友人のもとだ。リオ様のお兄様にいただいたお酒を届けるためだと、以前から考えていらっしゃった。

「ああ、それは――」

正直に答えようとした彼は、頭の中でぴこんと手のひらを叩いた。そうだ、浮気ということにしよう！　と天啓《てんけい》のごとく閃《ひらめ》いてしまったのだ。

浮気って、決めてからするものなの？

「それを私に聞くのか？　野暮というものだ。かねてから親しくしているもののところへと言えば、あなたでもわかっていただけるだろうか」

彼の中でこれはいいきっかけだと思ったらしい。

髪をかき上げながらの彼の仕草と、心の中ではぴくぴく尻尾を垂らしながらこちらを窺う姿があまりにもちぐはぐで、さすがの私も笑ってしまった。これはもうしょうがない。

「そうでしたか。では、お気をつけて行ってらっしゃいませ」

お怪我《けが》をなさらぬようにと片手を振ると、リオ様は頭の中で大きなクエスチョンマークを飛ばしながら、とぼとぼとご友人のもとへ消えていった。帰ってこられたら、楽しげだった思い出を心の中で語ってくれるのかもしれない。

（いい人なんだな）

リオ・フェナンシェット。

不器用でも正直で、家族思いな、心根が真っ直《す》ぐな人なんだろう。

ふと、何枚も書いた書類の名前を思い出した。エヴァ・フェナンシェット。

そういえば私も、もうその名前だったんだ。たとえ書類上の話なのだとしても、彼の妻が私であることを改めて思い出して、なんだかひどく耳の裏が熱くなった。

彼が育てた立派なカボチャを抱きしめて、こつりと叩くと、とってもいい音がした。

＊＊＊

エヴァさんに軽やかに手を振って見送られて、なぜだか振られたような気分でワインを片手に夜の街をとぼとぼと歩いた。たどり着いたのはうちとは比べ物にならないほどのでかい屋敷だ。

俺の心情とは反対に、とにかく明るい声が響いている。

「リオ、僕が君の浮気相手だって？　やばいねこれは。腹を抱えて笑ってしまうね、まあ僕は年がら年中笑い上戸なのだけどね！　しかも十ヶ月の結婚、いや今は九ヶ月と残り少しの新婚生活中ってか！」

文字通りケラケラと笑いながら、マルロは先ほど渡したはずのワインのコルクを勢いよく引き抜いた。真っ赤な瞳に劣らず真っ赤な顔つきをして、へらへらとその場で踊り始める。と、思えば勢いよく立派なソファに座り込んだ。

「これは僕が何度も君にお願いをしても調達してくれなかった、君のご実家近くで有名なワインじゃないか！　さすがの僕もこれは飲んだことはないなあ。いやあ、どんな作り方なのかな。商人の息子としては製法が気になって気になって仕方がない」

ここまで一気に早口でまくし立てて、食事よりも酒ばかりを優先する男である。まあ、はあ、と相づちを打つうちに話が膨らんでいくので楽な男といえばそうなのだが、たまになぜ自分はこいつと友人であるのか不思議になるときがある。

短い黒髪をご機嫌にふらふらさせるその男は、自身とほぼほぼ同じ時期に王宮に仕えることとなり、俺の名を知った途端の開口一番《かいこういちばん》に『ああ、きみ、あの噂の幸運なギフトの持ち主だねぇ！』とこちらに人差し指を突きつけた。

マルロ・オラージェ。年は俺と同じく、本人が言う通りにもとは裕福な商家の嫡男だったが、知識欲はあれど金儲《もう》けには嫌気がさしたと自身のギフトを偽って家から逃げてきたという変わり者だ。

ギフトとはあらゆる面で融通が利く。俺がトントン拍子に出世できたのは得てしてギフトのおかげだ。となると嘘《うそ》をついてでも自身の技能を吹聴《ふいちょう》する人間も中にはいるが、すぐにボロが出てしまうし、ギフトの鑑定ができるギフトを持つ人間もいるのであまり意味はない。

しかし鑑定人もそう多くはなく、鑑定の儀式が行われるのは公式の場のみとされているため、詐欺《さぎ》

を働く人間もいる。だがそれを自分の親にしたという話は初めて聞いた。頑《かたく》なに自身のギフトを語らない息子に業を煮やした父親が怪しい出どころの鑑定人に頼んだところ、マルロはさらに金を握らせ適当なギフトを喋《しゃべ》らせた。

商人としての才がないのならば、せめて人脈を得るためと金にものを言わせ騎士学校にねじ込まれ、本人の飄々《ひょうひょう》としたそぶりとその身の軽さから、今では諜報《ちょうほう》役として暗躍している。

ギフトを詐称《さしょう》する行為は本来は大罪だ。この話を聞いたとき、いささか眉はひそめたものの家族間の揉《も》め事となると法の範疇外だと結論を出したところ、「君ならそう言うと思ってたよ」とマルロは顔を赤らめて笑っていた。ちなみに顔が赤かったのは、このときも盛大に酔っていたからだ。

「マルロ、俺はお前に婚姻したことを伝えていないと思うんだが」

今日はその報告を兼ねて手土産《みやげ》を持ってきたのだ。わざわざ外でする話でもないし、そもそも諜報役が主であるマルロとは主に顔を出す場所が違う。彼は城やら市井《しせい》やらを中心にふらついていて、俺は時たま王宮に顔を出すこともあるが、基本的には訓練場や屯所《とんしょ》に出突っ張りだ。

それに今日は丁度マルロは休暇日とも聞いていた。休みとなれば彼は昼間にしこたま仕込んだ酒を抱えて、夜には家の中でくだを巻いているのが日常だ。

「いいかリオ。君は結婚したことを本部に報告しただろう？」

「ああ。扶養《ふよう》者の報告は義務だからな」

「つまりはそういうことだ」

どういうことか。とつっこみながらもソファに沈んだ。俺の家と比べると、こちらは柔らかく沈み込むが、どうにも足の長さが合わない。体を縮め込みながら正面に座るマルロを見た。どうせ一人ではなんの方法も思い浮かばなかったのだ。なので洗いざらいぶちまけた。こいつの口の堅さは折り紙付きだし、どうせ黙っていてもいつの間にやら情報を仕入れてくる。

「まあなんにせよ事情はわかったよ。それにしても十ヶ月の法律か……。そもそもリオ、よく君が知っていたね？　いやあ僕にとっちゃ常識中の常識だけど」

「クグロフ兄上から聞いて知ったんだ」

「なるほど。それじゃあ僕への相談というのは、事実の確認も含めてか」

口をつぐんだ。さすがにそういった嘘をつく兄上ではないことは知っているが念のためだ。ことは俺だけではなく、エヴァさんにも関わっているのだから。

険しい顔をしてしまったところ、まあまあとマルロが肩をすくめた。

「君が持ってきたワインでも飲みながら話そうじゃないか」

「それよりも水をくれないか。俺は酒が飲めない」

「知ってはいるけど、一応の礼儀だ。しかし水はないだろう」

「いや、お前のところの水はうまい」

「いい舌をしているな！」

マルロは気分良く手のひらを叩いた。

「僕は知っての通り、飲み物にはなんでもこだわるんだ。食べるものはどうだっていいんだけどね！」

そして今度は手元の鈴を鳴らしてメイドを呼んだ。すぐさま持ってこられた水を受け取り、退室を確認して話を続ける。

「……奇特なギフトだよ。人によっては羨《うらや》ましがられるだろうに」

マルロのギフトはひっそりと聞いたことがある。俺もマルロも、強いギフトと言ってしまえばそうかもしれない。彼はべろりと舌を出した。

「素晴らしいだろう、僕の舌は」

自身への嫌味に違いない。

マルロは食べたものはなんでもわかる。どれだけ丹念にシェフが作り込んだ秘密のソースだとしても、一舐《な》めすれば材料から作り方まで全てが理解できる。

頭の中に流れ込むそれはひどく退屈で、億劫《おっくう》なものだと一人で酒を飲みながら話していた。その代わりに酒やら水やらと飲料へのこだわりはひどい。彼が食べ物だと認識しないものは、ギフトの効力を発揮しないのだ。

今も渡したワインに頬ずりをしてニヤついていた。

「しかしエヴァ夫人は変わったお人だね。懐が広いと言えばいいのか、内を見せないと言えばいいのか。メイドの代わりをしてくれるとは美徳にも見えるが、貴族によっては馬鹿《ばか》にされたと怒りもするだろうに。それは夫人がすべき仕事ではないという風にね」

マルロの言葉を聞いて、口元を押さえた。それから必死に瞳を閉じた。

「食事も配達屋に頼っていた君がねぇ。そしてあのオンボロ屋敷が、今は輝きつつあると。興味深いな。僕も見に行ってもいいかい？　ん、リオ、おいリオったら。なんでそんな真っ赤な顔をしてるんだ。僕に負けず劣らずだぞ」

出した水にアルコールでも入っていたのか？　という冗談半分な言葉に、いや、と首を振る。

「先ほど、マルロ、お前が……エヴァ夫人と言うから」

他人に言われると、彼女は少なくとも書類上は自分の妻なのだということを思い出してしまった。

「照れてたのかよ!?」

つっこまれる言葉に唇を噛みしめ、緊張をほぐすべしと一気に水を飲み込んだ。ため息をついて部屋を見回す。相変わらずごてごてと飾り物が多い部屋だ。

「隙間に埃が溜《た》まりやすそうだな。掃除がしづらい家だ」

「僕の趣味にとやかく口を出すことはやめてくれるかな!?　うちはメイドを雇っているからいいんだよってていうか、相変わらず気もそぞろなやつだな！」

ついうっかり口から飛び出してしまっていた。しまった。もしかすると酒の匂いだけでも酔ってしまったのかもしれない。「まあいいや」とマルロはすっかり酔いが醒めた顔をしている。アルコールが抜けやすい体質は、彼にとっては不幸なことらしい。羨ましいことだが。

「一つ不思議なんだが、リオ、君には心に決めた女性がいたのか？」

なんのことだと瞬きを繰り返した。確かに惹《ひ》かれる女性がいなかったといえば嘘になるが、あくせくと働き続けてきた。家族以外の別のものが入り込むには、あまりにも俺の心が狭小だった。ぶるぶる首を横に振ると、「だよな」とマルロは顎《あご》をさすった。

しかし整った外見だ。城のメイド達が、彼が通りすぎると顔を寄せて囁《ささや》き声を交わし合う姿をよく目にする。

「それならいいじゃないか。わざわざ離縁なんてせずとも。君がただの子爵家の次男だってことはむこうも知っている。もともと過度な期待はしていないはずだ。君一人がそれほど重荷に感じる必要なんて、どこにもないと思うんだ」

そもそも女に嫌われる方法を相談されたところで、僕は好かれたことしかないからわからないと真顔で言うものだから、こちらも神妙な顔になった。いやまあそれはともかく。

「エヴァさんは、可愛らしい方なんだ。見かけもそうだが、いや、外見だけをいうのなら、美しい女性だと思う」

「それはとても君の好みの女性だった、という話かな？」

飄々と告げられた言葉に、やめてくれと頭を押さえた。そんな話をしたいわけではない。

なのにマルロときたら、「いやあ、外見は重要だ。それ一つで一目惚《ぼ》れもありえる話なのだから。恥に思うことはないよ」と何を考えているわけでもないだろうに、適当に口を動かす。

「俺はそういった、無粋な話をしたいわけじゃないんだ」

「すまないすまない。リオ、君はそういう男だったね」

ついつい男同士の盛り上がる話題を作り上げてしまうところだった、と肩をすくめている。マルロはこうやって、人の心情にぬるりと入り込むことが得意な男なのだ。

「エヴァさんは、その、いつも笑っていて、きっと温厚な方なんだ。なのになんだろうな。ときおりとても可愛らしく笑う。俺が何も言わずとも、全て見透かしているような」

「それはまあ、男が女に思いがちな幻想だろうが続けてくれ」

「持参金とは、つ、つつ妻である彼女に、本来は使うべきものだろう。なのに全てはとっくにすっからかんだ。そんな俺に、彼女をもらう資格などそもそもありはしない。あの可愛らしい彼女なら、縁談なんて本来はよりどりみどりだと思うんだ」

「妻という言葉にどもりすぎだろ？」

しょうがないだろ。開き直りたいものの、赤い瞳のマルロの視線がずしずしと突き刺してくる。

「確かに、いくら変わり者と言われていたところで、カルトロールのご令嬢だ。もっといい縁談はいくらでも作れたとは思うけど」

言いながらうっとりグラスにワインを注ぎ込んだ。

「料理ができて、掃除もできてか。不思議なことだな」

「ああ、それになぜか、ときおり彼女は怯《おび》えているようにも見える」

「……それはリオ、君の大きさに恐れているからなのでは？」

ずきりとした。

「い、いや、その、そ、それは」

ないと言えない。そもそも、威圧的な態度を装っている現状である。自身の胸を押さえてソファの背もたれにひっくり返った。

頭の上ではきらびやかなシャンデリアがこちらを見下ろしていて、マルロはゲラゲラと笑っている。ひとしきり笑ったと思うと、満足げに息を吐き出した。そして水しか入っていないコップに、かちりと涼やかな音を立てて自身のグラスをぶつけた。

「なんにせよ、これはめでたいことなのではないかな。本来婚姻とは喜び溢れるものに違いない。祝いの酒を飲もうじゃないか。もっとも飲むのは僕だけで、君は水しか駄目だけどさ」

グラスを掲げながら、酔っぱらいはもにゃもにゃ楽しげに話していたが、俺はといえばエヴァさんのことが気になって仕方がない。いつものこととはいえ、今頃彼女は一人きりだ。大丈夫だろうか。ちゃんと鍵《かぎ》はしめているのだろうか。

「おいリオ、聞いてないだろ。おいこら、聞いてないだろう？」

絡まれ酒だ。

「うん、おう。悪いな、聞いていなかった」

「こんにゃろ。僕は今、とっても大事なことを話していたんだぞう！」

＊＊＊

いい天気だった。

私がリオ様のもとへ嫁いで、はや二週間。

どうなるものかと思っていたけれど、もとは畑いじりを日課にしていた女だ。こちらに来てもやることもなく暇になったらどうしましょう、と頬に手を当てていたのはまったくの杞憂《きゆう》で、あまりの掃除のやりがいにそんな気分も吹っ飛んだ。数年溜め込んだ埃や汚れはとても頑固だ。残り九ヶ月の間にピカピカにしてみせる。

しかし今日は屋敷の掃除はお休みだ。

これからもっと寒くなるはずなのに、最後の力を振り絞った太陽がてかてかと輝いていて気持ちがいい。一緒に草だらけの庭も輝いて見えるが、やはりぼうぼうと生い茂っている様に静かに唸《うな》った。今度は庭の掃除を重点的にする必要があるだろう。

大きな布をしいて、この間見つけたノミをカコカコと動かした。リオ様のお屋敷には様々な道具が溢れていて不便がない。叩き売りされていたところを家具ごと買い取ったと言って（考えて）いらっしゃったから、きっともとの持ち主の趣味だろう。

寒くなるとはいっても庭の中は快適だ。空を見上げてみると広くはない庭を囲むように薄い水の膜ができている。ぽちょん、とときおり膜が揺れて、雲が滲《にじ》んだ。天幕水《てんまくすい》が張られている。

天幕水とは水に特殊な液体を混ぜて中の気温を適度に保つすぐれもので、おかげで冬の間も雑草が枯れることもなくにょきにょきと元気に育ってしまう困った特性もあるが、最初に投資すれば適度に雨を吸い取って半永久的に庭を守ってくれる。大雨となるとさすがに難しいけれど、小雨程度なら雨に濡《ぬ》れることもない。カルトロールの庭や離れにも張られていた。

（本当に、便利なものね）

今でこそ神様からのちょっとした贈り物と言われているギフトだけれど、遠い昔は絶大な力を持つギフトを保有する人間は多くいた。この天幕水も、発明のギフトを持つ偉人によるものだ。私が持つギフトも、過去では珍しいものではなかったのだろうか。

とかなんとか考えながら、無心にノミを振るった。かこかこ。きしきし。はあはあ。

「我ながら、とても素晴らしい出来かもしれませんよ……！」

無意識に呟いていた。見事なまでのカボチャだった。

先日リオ様が持って帰ってきたおばけカボチャの成れの果てだ。中身はスープやらパイやらプリンやら、様々なものに化けて、それはもうリオ様にも心の中で盛大に喜んでいただけた。

『私は不要だと告げたはずだが』

と食卓ではつっけんどんに目を細めて、尻尾を振る彼の姿は作り手冥利《みょうり》につきた。

数日かけて中身を使い果たし、すっかりくり抜かれてしまったカボチャを見ていると、捨ててしまうにはあまりにも切なくなってしまったのだ。決してふわふわと喜んでいらっしゃったリオ様の心情や、カボチャと共に渡された上着が忘れられなかったわけじゃない。

あまりに立派なカボチャが消えてしまうことが悲しかっただけなのよと自分自身にしっかりと告げて、もともと原型を崩すことなく中身だけくり抜いていたところをさらに壁を薄くして、ついでに僭《せん》越《えっ》ながら筆を走らせ、目印として目をくり抜き顔を作った。

「こ、これは……!?」

何やら芸術的なものができてしまった。そうだ。カボチャ仮面と名付けよう。

(——夫人は一体、何を作っているんだ……？)

響いた声があった。

恐らく庭の外だろう。目隠しのように木々が覆い重なっているけれど、間をうまく利用してこちらを覗いているらしい。聞いてみたところ悪い人ではなさそうだ。ただ溢れ出る好奇心を抑えきれない、そんな様子だ。

(カボチャ……？　カボチャだよね。どう見てもカボチャだ)

どきどきしてきた。聞こえている。しかし聞こえていないふりをしないといけない。

このまま素知らぬ顔で屋敷に戻るべきなのだろうかと考えた。思考の主は完璧《かんぺき》に擬態して、こちらに気配を感じさせない。そんな人を相手にして、私は違和感を与えることなく逃げ帰ることができるだろうか。気にしすぎなのかもしれないけれど、どうしても不安になる。

なので、気にしないことにした。

そして行為の仕上げとばかりに、かぽりとカボチャを頭にかぶった。想像以上の素晴らしさ。

「うはっ！　うわ、うは、うはーーーー!?　なんだそりゃーーー!!」

スッ転げながら大爆笑する声が聞こえた。

「………どちら様で？」

「ああっ、しまった！」

こっそり様子を見ておくだけにするつもりだったのに！　と言葉では後悔しながらも、まったく悪びれない声で彼は叫んだ。

「ちょっと待ってね」

一声かけて正面の門を通ってぐるりと回り、私と同じく荒れ果てた庭に立った彼は、気さくに片手を出しながら挨拶をした。

「はじめまして、僕はマルロ・オラージェ！　リオの友人さ」

数少ない、と言ってもいいのかもしれない、とマルロ様は自分の心の中でこっそりと呟いている。

黒い髪にらんらんと光る赤い瞳はまるで猫のようで、髪の色と同じく仕立ての良い黒いコートを羽織っている。ひどく特徴的な青年に見えるのに、人の中に埋もれてしまえば思わず見失ってしまうような、不思議な外見だった。

「いや大変驚かせてしまい、すまなかった。友人の唐突な婚姻を知り、溢れ出る好奇心を抑えることができずに、夫人には申し訳ないが、ひっそり様子を拝見しようと思っていたんだ」

そこに嘘はないようだったけれど、やはり一癖も二癖もある方らしい。互いに握手をしながら、私は逃げ出したい気持ちを抑え込んだ。

（これがリオの嫁か。あいつは美しいと言っていたけれど、至って普通だね）

それが通常の反応だし、そもそもこのマルロという男性に比べれば、その辺りの女性はみんな裸足《はだし》で逃げていくだろう。なのでそんな彼に普通だと思われたことが、名誉なことと言ってもいいのかもしれない。

……というか、何を人様に吹き込んでいるのと夫の頬をぺちりと叩いてやりたくなって、今度は夫、なんて思っている自分が気恥ずかしくて、誰かにこの思考を読まれてしまったらと不安になったのだけれど、人様の考えに土足で侵入しているのは私以外にいるわけない。

（リオのやつ、せっかくもっと飲もうと誘ったのに奥方を一人きりにできない、なんて言って僕を放ってさっさと帰っていったもんな。そりゃあ気にするなという方が難しいよ）

一週間近く前にワインを片手に浮気宣告をしたときの話だろうか。そう遅くはならないと言っていた彼の予告通りにさっさと戻ってこられたものだから、もう少しばかり羽を伸ばしたって構わないのに、と気の毒にも感じた。

それからマルロ様の声を聞いて、リオ様の優しさを改めて感じて、胸の奥がちくちくする。辛いような申し訳ないような、でもやっぱり嬉しいような。

ぼんやりしている間に彼はくるくると口を動かした。マルロ様は丁寧に謝罪の言葉を述べて、本来なら家主もいない夫人のところに庭とはいえ勝手をするのは申し訳ないと思ったのだが、どうしても、どうしても、我慢ができなかったのだと胸をかき抱いて叫んだ。

「エヴァ夫人！」

「は、はい⁉」

「教えてくれ！」

勢い余ってちょっと引いた。

押しが強い。

「これは、このカボチャは一体なんなんだい⁉　見たところ、君が作ったようだが目的は⁉」

「か、観賞用です……？」

「うわっはあ‼」

顔では軽く口元を緩ませる程度に留《とど》めているのに、心の底からゲラゲラと笑っていらっしゃる。

「いいねえ観賞用！　そういうのは好きだな。僕の家にも飾らせてもらいたいくらいだ！　リオのやつは埃が溜まるとかなんとか言っていたけど、いい趣味だよね。かぶることができるというのが一番いいよお！　これならヴァシュランマーチにも参加できそうだ！　視線を根こそぎ独り占めだよ！」

もう彼の口が話しているのか、それとも心の声なのかもわからない。

ぐるぐると目眩がするほどに言葉の洪水が溢れてくる方だ。わけがわからなくて、ただ瞬きをしていたとき、マルロ様はアッと慌てた。それから照れたように笑った。

「失礼したね」

いつの間にやら抱きしめていたカボチャをそっと返してくださったからほっとして、「ありがとうございます」と頭を下げた。これはリオ様がくださったものだ。

（それにしても嫌われる努力だなんて）

聞こえた声にはもちろん知らないふりをしたけれど、彼もご存知なことらしい。悲しげなような、呆《あき》れたような言葉が、ゆっくりと流れ込んでくる。

（そんなの不毛なことに決まっているのに。僕に聞かずとも、自分が望むのならいくらでも方法は思いつくよ。なのにわからないということは、きっと自分自身、望んでやしないということだ）

嫌なことは脳みそのどこかで、考えてたまるものかと閉ざしてしまうんだよと、マルロ様は心の中でため息をついていらっしゃる。なのにそのお顔には変化がない。感情と行動をすっかりわけることができる方なのだろう。中々できることではない。

マルロ様がとても聡明《そうめい》な方であることはわかった。でもそのお考えはどうだろうか。リオ様はとても優しい方だ。そんな方だから、人の嫌がることを考えつくのにも人一倍苦労するのではないだろうか。

（できれば、彼女と彼が幸せになることができたらいいのに）

そう願いながらも口元は軽やかに様々なことを話す彼も、やはりリオ様のご友人なのだ。似た者同士がなんだかんだと一番うまくいくに決まっている。

——私とリオ様が幸せになること。

考えてすらいなかったことだから妙にぼんやりと頭の中に残ってしまった。

なぜだかくすぐったくなってしまった気持ちをごまかすように、その晩、リオ様にマルロ様が訪ねてこられたという旨を伝えると、一瞬彼の思考は真っ白に染まった。からからと手の中から匙《さじ》を落とし、拾い上げつつも頭の中では炎が燃え上がっていた。

リオ様の心の中のマルロ様はボコボコに打ちのめされており、いらないことを言ってしまったとさすがに少し反省した。

朝起きて、カーテンを開いて窓を開ける。日に日に冷たくなる空気を頬で感じて、ううんと伸びをした。さて、本日もパンを焼かないと。

初めてリオ様と朝食を食べたときにも感じたけれど、屋敷の離れで一人きりで作って食べる朝食よりも今の方がずっと楽しい。

(いち、にい、さん……)

リオ様の声だ。

(あっ。もう少しか)

なんのことだろうと思わず視線が上がりそうになったけれど、気にしてはいけない。ナプキンでそっと口元を拭《ふ》いてごまかす。

（配達屋が）

はいたつや？

こっそり彼を見ると、うん、と一人で頷《うなず》いてリオ様は顎を引っかいた。

「すまないが」

私に対しての言葉だ。ここでやっと、きちんと彼を見ることができる。待っていましたと返事をした。

「なんでしょうか？」

「近日中に訪問者が来る。もともと二ヶ月に一度の契約で、日持ちのするものをこの場で作ってくれるんだが、悪いがその対応を――」

「えっ。嫌です」

最後まで言い切らずに首を振ってしまった。

さすがのリオ様も翠色の瞳をぱちくりしている。とてもびっくりしている気持ちも伝わる。しかしここだけは譲れない。

「見ず知らずのお方とお会いするのはできません。大変申し訳ありませんが、お断りさせていただきますっ!!」

思いっきり叫んだ。

これでも長く引きこもり生活を続けていない。この間のマルロさんのように唐突にやってきたのならばともかく、確認されたからには首を横に振らねばならぬという奇妙なプライドがここにあった。なんでもかんでもいいですよ、と返答して生きてきたが、これだけは譲れない。

お父様のように有無を言わさぬ迫力か、強い心があればリオ様は私に勝つことができたのだろうけれど、彼は想定外の私の反応に無表情のままにぴしりと顔を固まらせて、心の中では小さな犬が尻尾を垂らしてふらついた。ついでに滑り込むようにお腹《なか》を見せていた。びっくりするほどの敗北宣言だった。

リオ様のお心を読んだところ、配達屋とは騎士団と契約している良心的なお値段で食事を提供するお仕事をしている人らしく、家の中に妙に保存食が多かったことと、お屋敷の至るところが埃だらけになるほどお忙しいリオ様が今まで食をないがしろにせず生きてくることができた疑問が解けた。ついでに初めからキッチンだけは綺麗な理由もなんとなく見えてきた。食材を持ち込んで、その場で相手に合った料理を作ることができるスペシャリストなのだそうだ。しかし今は私がいるのだから、別に食事を作ってもらう必要はない。食材ならリオ様が作ってくださったお野菜だとか、こちらも定期的に運ばれるお肉やらの宅配便で事足りる。

扉で話をする程度ならともかく、家の中に入ってくるとなると別問題だ。私の心が砕けてしまう。ノーサンキュー、です！　と目の前にばってんを作った。

リオ様自身も契約の解除をすっかり忘れていただけだったようで、その場は平和にお話が終わった、と思った。

けれども二日後のことだ。ドアベルがちりちりちりと屋敷の中に鳴り響いたのだ。宅配便にしてはまだ早朝だから時間がおかしいし、誰だろうと恐るおそる小窓越しに窺ってみると、小さな影がぴこぴこと背伸びをして踊っている。迷子だろうか。

「あ、あの……？」

彼女は早く開けてほしいとしきりに考えている様子で、困っているなら大変だ。そっと扉を押すと、まるで鬼のような素早さで少女は小さな足をドアの隙間にねじ込ませた。

「ひ、ヒイッ！」

ピンクの靴をこんなに恐ろしく思う日が来るだなんて。ついでににょきりと手が生えた。怖い。くるくるした大きな瞳が瞬間的にこちらを捉《とら》えた。

「あなた、リオ・フェナンシェット様の奥方様ですの……？　わたくし、シャルロッテ、と申しますわ。配達屋を行っております。貴重なお得意様は、決して逃《のが》しませんことよ……!!」

バンッと扉を開きながらこちらを見下ろす金髪の少女を、私はひいい、とへたり込みながら見上げた。はたはたと彼女の短いツインテールがはためいている。私を見て、シャルロッテと名乗った少女はにかりと笑った。尖《とが》った八重歯が覗いている。

それはまるで、恐怖の来襲だった。

「改めまして、わたくしシャルロッテと申します。以後お見知り置きくださいませ！」

すっかり固まって言葉を発することすらもできない私を相手に、彼女はホホ、と口元に手を当てて微笑んだ。

ふりふりの可愛らしい服を着た、自分よりもずっと幼い少女にこうして見下ろされるのは初めての体験で、ただでさえ経験値が足りない私の脳みそがぐるぐるしている。こんなときこそ要領よくギフトを利用すればと思うのに、何をどうしたらいいのかさえわからない。

「奥様でいらっしゃいますわね？」

なのでシャルロッテさんの言葉に、ただコクコクと頷くことしかできなかった。

「今回、リオ様から契約解除のご連絡を騎士団を通していただいたのですけれど、今一度お考え直しいただきたく伺いましたの。あんまりにも急でしたから、わたくしもびっくりしてしまいまして――ときに奥様、ご新婚と聞いてはおりますがお料理はどうですの？　見たところ侍女はいらっしゃらない様子ですが、案外めんどくさいと思っていたり、たまには他所《よそ》様のご飯を食べたいと旦那《だんな》様には言えずともこっそりお考えに――」

ずいずい、と彼女が小さな体をこちらにどんどん近づけてくる。

ただ首を左右に振った。あまりの迫力に呑《の》み込まれそうになりながらも、カクカクと。否定の気持ちを強く持っていたわけではなくて、もはやその動き以外、何もすることができなかっただけだ。

（でもやっぱり、そんな都合のいい話はないわよねぇ）

私の動きを見て、ふう、とシャルロッテさんが小さなため息をついた。そうして聞こえた声に、実は彼女はすでに諦め半分な気持ちであったことを知った。

別に無理やり押し付けようとして来訪したわけではないらしい。やっと心臓の動きも落ち着いてきたものだから、ゆっくりと立ち上がった。

「あの、シャルロッテさん。大変申し訳ないのですが、お料理は好きですから負担に思っていることはありません。まだ……結婚をして、二ヶ月も経っていませんし」

これが何年と重なれば話は変わってくるのかもしれないけれど、あいにく、あとは八ヶ月ちょっとの生活だ。お世話になることは恐らくないと思う。

「……そうですわよね。こちらこそ無理なお願いをしてしまいました。その、わたくし、リオ様がご結婚をされたと聞いて、とても驚いてしまいまして」

あまりにも残念そうな様子に、まさかとドキリとした。そりゃあリオ様はかっこいいし、彼女も可愛らしいいし。

（いい男ではありますが、あの押しの弱い性格でしたら一生カモにできるかもしれないと期待しておりましたのに）

彼女の思考は聞こえなかったことにした。

「……とは言いましても、実はわたくし、今回もご依頼いただけるものと思っていましたので、ある程度の準備をしておりましたの。今までごひいきにしていただきましたからお代は結構ですわ。最後に少しだけ厨房《ちゅうぼう》をお貸しいただけませんか？」

そのあまりにもしゅんと垂れたツインテールが悲しそうで、思わずはいと頷いてしまった自分にため息が出た。

にっこり笑ったシャルロッテさんは勝手知ったる様子で花柄のエプロンをしながら、今現在、忙しなく台所を動き回っている。ふりふりな彼女の服とエプロンはよく似合っていて、いるだけで華やぐような気分になる。自分の色気のない服装が少しばかり気になってきたところで、シャルロッテさんはパッと瞳を輝かせた。

「あら、立派な包丁が！　これは奥様のものですの？　以前はありませんでしたから」

「あ、はい。ナイフはなんだか怖くて持てないので、それならなんとか」

「普通反対ではありません⁉」

自分でもおかしなことだと思うけれど、昔からそうなのだから仕方がない。いつからそうなったのかということは忘れてしまった。おかげで食事のナイフが使えないので困ってしまう。これだけ立派なものを使っていらっしゃるのだから、わたくしなど不要ですわねと呟く言葉は嫌味でもなんでもなく心の底から思っている言葉のようだ。

野菜が大好きらしく、ふんふんと鼻歌まじりに無駄のない動きをする彼女を見ているとなんだか不思議な気分になってきた。どう見ても私よりも年下なのに、リオ様のことをお得意様と言っていた。彼の内面を含めてよく知っている様子で、長い付き合いのようにも見える。

可愛らしい子だな、と思った。

先ほどふと考えたことを思い出してもやもやした。なんでそう感じるのかと考えてみて、理由を一つ思い至って、自分が嫌になった。別に私は妻といっても書類上なわけだから、そんなことを気にしても仕方がないのに。

「エヴァ様、もしかすると疑問に思っていらっしゃいます？」

「えっ」

心の中を見透かされたみたいで、どきんとして飛び跳ねた。シャルロッテさんがいたずらっ子のように八重歯を見せて、くふくふと笑っている。

「いえいえ。お客様の誰しもが一度は尋ねてこられますから。こんな小さい子が、なんて。言ってきますがわたくし、見かけ通りの年じゃありませんの。リオ様は見目のよろしい男性でしょうが、私からするとひよっこちゃまですので興味もございませんことよ」

えっ、と口にして、それじゃあ一体何歳、と誰しもが問いかけるのだろう。

そこはいつものことばかりに、シャルロッテさんはちょんと可愛らしく口元に人差し指を置いたのだけれども、私は知ってしまった。いや知りたくなかった。このますぐに忘れる努力をしようと思った。まさかそんなご年齢とは。

「疑いになられるのも無理はありませんが、若作りの秘訣《ひけつ》は健康な食生活でしてよ」

例えば野菜とか、と彼女は笑っているけれど、別に私はまったくもって疑っていない。シャルロッテさんの心の声がしっかりと聞こえたのだから。聞きたくなんてなかったけど。

そうこう話している間に彼女の料理もいよいよ大詰めになってきたらしい。お仕事にしているだけあって、切り方一つでさえも勉強になる。

「さて、それじゃあ、やっとこさ本番ですわね！」

彼女はかまどの扉を開いて型を中に入れると、かつんと炎色石を二つ、叩きつけた。それからぽいと中に放り投げた。石が少しずつ熱を放ち、煌々《こうこう》と白く輝いていく。そしてなにやらシャルロッテさんはかまどに向けて両手を向けた。うんうんと頷き、かちりともう一度、微《かす》かに石を叩く。そしてゆっくりと投げ込んだ。

「あの……？」

「わたくしのギフトですわ」

疑問に思うのは無理もない、という口調だ。

通常、炎色石は二つで十分な熱を発する。石の使い方はただ一つ、思いっきり叩く。それだけだ。だから追加で石を入れる必要はないし、シャルロッテさんが二度目に入れた石は、ほんの少し小さく叩いていただけだった。

石には使うことのできる熱量が存在して、使い切っていなければ再利用できるけれど、あれでは大した温度も出ないから一見なんの意味もない行為に見える。頭で考えるよりも先に、シャルロッテさんは説明してくれた。

「わたくしのギフトは、温度がわかるギフトなのです。例えば今日の寒さと明日の寒さ、普通の方ならどっちがより寒かったかと言われると、なんとなくで答えるしかないことも、わたくしなら具体的に、どの程度の変化があったのか理解できます。この通り家名もない平民ですから、通常なら使いみちもないギフトですわ。エヴァ様は――」

ぎくりとした。そうした後で、すぐさまシャルロットさんは口をつぐんだ。

「いいえ、なんでもありませんわ」

自分から言うのであればともかく、他人にギフトを尋ねる行為はあまり褒められたことではない。そもそも保有していない人間だっているし、肉親でも互いのギフトを知らないことさえある。お父様と私がその例だ。

一般的には平民はギフトを持っていない、もしくは持っていてもほんの少しの特技という程度らしい。個人差はあれど、シャルロッテさんのギフトも珍しいものではないのだろう。

「しかし私はこのギフトをどうにか使いこなせないかと頭をひねりまして、練度に練度を重ねましたのよ」

相変わらず両手を突き出しながら、シャルロッテさんはむふんと笑った。満足した様子でかまどの扉をゆっくりと閉めた。

「ギフトの練度を上げる……?」

「もともと強いギフトを持っていらっしゃる貴族の方には、あまり縁のない話かもしれませんが、わたくしとしては死活問題でしたから」

　ただの特技も、磨けば立派な仕事になりますのよ、とシャルロッテさんは語った。通常は叩きつけるだけの石を幾度も検証して、練習して理解する。そうして誰しもが不要と思っている料理に、彼女は温度を取り入れた。

「料理とは繊細なものですの。温度がわずかに違うだけで、味にも気持ちにも変化がありますわ」

　かまどから取り出された野菜が練り込まれたお菓子のような不思議なパンは、驚くほどにおいしかった。ほふほふと必死に口に含んで、ちょっとしたしょっぱさがこれはもう大変に素晴らしいとほっぺが落ちそうになっているとき、私と同じく食卓に座っていたシャルロッテさんが私以上に頬をぽろりとこぼしていた。

「あ、ああああ、やっぱり、リオ様のお野菜は最高、ですわ……!!」

「お、おう……？」

　想像以上のご反応になんだか怖くなりつつも、もふもふと切れ端を口に移動する。やっぱりおいしい。シャルロッテさんはどこぞの小動物のように全身を揺らしながら、はむはむとほっぺを膨らませた。

「うううううん！」

　そしてもう一回震えた。

「やはり若さの秘訣はお野菜！　しかも殿方が育てたものに限ります……！　リオ様のご自宅にある

お野菜は、騎士団の溢れる若さが弾《はじ》けた方々が丹精に作られたもの！　はああ、若返りますーー!!」

どうやらシャルロッテさんが契約の解除にあわてて乗り込んできた理由はこれだったようだ。どうりで思考の端々に野菜野菜と考えていると思った。

リオ様がこっそり持って帰ってきてくださる家庭菜園ならぬ騎士団菜園は、彼以外にも手伝っている人もいる。だからその人達にも持ち帰ってもらっているようなのだけれど、やっぱり色んな種類が数多くあるのはこの家で、もともとシャルロッテさんは配達屋のお値段をちょっとばかし安くすることと引き換えに野菜をいくつか持ち帰ってもいいという契約をしていたらしい。

「エヴァ様！　どうか、どうかお願いです！　配達屋の仕事をさせてください、なんてことは言いません！　むしろあなたのお友達としてたまにこちらのお家に、お邪魔させていただけませんか!?　そしてちょっとばかりのデザートと、お食事を一緒に食べましょう!?」

わたくし、存分に腕を振るわせていただきます！　と小さな女の子が、大きな瞳をうるうるさせてこちらを見ている。いや実年齢を考えればちょっとあれなのだけど。

「えっと、あの、その」

悪い人じゃないということはわかった。それにあの料理の手さばき。もっと身近でみたいという気持ちもある。でもあまり人と関わりたくはないし、そもそも友達なんていたこともないので、どんな存在だったかしら？　という混乱で、うまく頭が回らない。

ここはリオ様のご自宅なわけですし、せめてリオ様に確認させてくださいという言葉が絞り出せたのは、それからしばらくしてのことだ。

「これでまた、リオ様のお野菜が食べられますわーー!!」

「ま、まだ了承は、了承はしてませんよ!?」

両手を開いてぱあっとほころんだように笑うシャルロッテさんに、思わず大きく首を振ったのは言うまでもない。


「ご夫婦ですのに、一度もお出かけされたことがないんですの……!?　それはいかがなものかと思いますわ!?」

思いますわ！　思いますわ！　思いますわ！　思いますわー…………。

朝から元気にシャルロッテさんの声が響いている。温かいジンジャーティーを両手に持って、椅子の上でぱたぱた足を振っている様を見ていると、どう見ても彼女が年上だなんて思えない。

私の正面にはリオ様が、リオ様と私の間にはシャルロッテさんが腰掛けている。テーブルの上には朝食達が並んでいる。一体何がきっかけだったのか。ふと出た会話をきっかけに、シャルロッテさんはカッと叫んだ。開けた口からは、小さな八重歯がしっかりと覗いていた。

「夫婦とは言葉がなくてもつながり合っているものですが、それだけで十分と思うのは思い上がりというもの！　リオ様はお忙しいとは存じ上げておりますが、こんなことでしたらエヴァ様に愛想をつかされてしまいますわ！　まあわたくしは元気に独り身でございますので、説得力はあまりないため、ただの年上からの助言とお考えくださいませっ！」

　シャルロッテさんってご結婚されていらっしゃらなかったのね、と私もお客様である彼女に淹《い》れた紅茶を飲んでみた。なんだか体がぽかぽかしてきた。寒い朝もこれで乗り越えることができるというものである。

「いや、それは、その通りなんだが……」

　リオ様がひどく眉根《まゆね》を寄せて、口元をぴくぴくさせた。わざとでもなんでもなく、本当にこういう気持ちになっているらしい。

「なぜ朝から配達屋殿がうちにいるんだ？」

　あらまあ！　とシャルロッテさんはゆっくりと紅茶を受け皿において、口元に手を当てた。

「リオ様、わたくしは配達屋としてではなくエヴァ様の友人として参りましたの！　どうか気軽にシャルロッテとお呼びくださいませ？」

「ん……ん？　そうでしたか。それならば。ではなく」

　思わず押されそうになったところがさすがのリオ様である。彼はとっても押しに弱いということは、ここ最近、とみに理解できてきたことだ。

「シャルロッテ殿のことは、彼女を通じて話は聞いておりますが」

　リオ様は私に対していつもの仏頂面をするべきか、それとも来客者に対して通常の声色で話すべきか心の中でとっても悩んで混乱していらっしゃるご様子だ。

「まあまあ、彼女だなんて」

そんな彼の様子を、シャルロッテさんは単にリオ様が照れていらっしゃると考えているようで、

「わたくしは気にせず、いつものようにエヴァとおっしゃればいいのに」と、くふくふと笑っている。

残念ながら心の中では何度も呼ばれているけど、実際に名前を口に出されたのは一度としてございません。

「リオ様にはエヴァ様との交流とお野菜をくださる許可をいただき、わたくしと一っても感謝しておりますの。ひいては一度くらい、家主であるリオ様にご挨拶に伺いたく思ってはいたのですが、お忙しいご様子でしたので」

まさか騎士団でのお仕事中に伺うわけには参りませんしと肩をすくめた彼女は、本日早朝、手土産とばかりに手作りのジャムをたっぷり持ってきてくれた。なので今日の食卓はシャルロッテさん印のオンパレードだ。とってもおいしくって、ストロベリーがてかてかと輝いている。

そうなのだ。あれから結局、断っていただくことを期待しつつリオ様に経緯を伝えたところ、あっさりと許可を出されてしまった。

それならば私自身が首を振ればいい話だったのだけれど、幾度も人の嘘を聞いて、ほんのわずかではあるけれど傷ついてもきたことを思い出して、きらきらした瞳の彼女にどうしても嘘の言葉を伝えることができなかった。

――それに、彼女のあの見事なまでの料理の腕前を学びたいと思う気持ちもやっぱり少しくらい

あったのだ。

あれからシャルロッテさんはお仕事の合間を縫って、お屋敷に遊びに来るようになった。二人でおいしいお菓子を作って食べて、彼女にちょっとした作り方のコツを教えてもらう。目からうろことはこのことだった。リオ様も料理の腕が上がったと心の中で喜んでいらっしゃるようだった。

今まで同じ性別の方と関わることなんてほとんどなかったものだから、もしかしてこの関係って、とドキドキしていたのだけれど、先ほどシャルロッテさんの口から『友人』という言葉が飛び出て、ひゃあと跳ね上がってしまった。どちらかというと嬉しくて。

彼女がそう考えてくれていたのは知っていたけど、いざ口からしっかり聞くのでは破壊力が違う。

リオ様はため息をつきながらも、「俺《おれ》のことは気にされなくても結構でしたのに」とパンにジャムをちょっぴりぬって、パクリと口に含んだ。それからうまいと目を輝かせていた。彼は甘いものもいける口なのだ。

そして私相手では『私』と言うのに、シャルロッテさんには『俺』と言ってしまうらしい。別に複雑な気分になんてなってない。

「それはともかく、いけませんわリオ様。いくらお忙しいとはいえ限度があります」

先ほどの話題に戻ってきてしまったからギクッとした。そのまま遠くに投げ捨ててくれればいいのに。

「シャルロッテさん、リオ様は本当に、お休みもなく働いていらっしゃいますから」

そろそろ勘弁してあげてくださいませ、という意味合いで助け舟を出した。

「毎日、ご帰宅はそれはとても遅くて……」

よく鍛えていらっしゃる彼だが、ときには辛いと感じていることも知っている。眠気と戦う日々である。持参金の返済などいつになってもいいのでゆっくりなさってくださいな、とできることならお伝えしたい。でもそんなこともできずに歯がゆい日々だ。

私の言葉を聞いてリオ様はぴくりと片眉を上げた。

「そう思うのなら、あなたはさっさと自室に行けばいい。いつまでも私を待つ必要はない」

これは普段からリオ様が思っていることだ。大勢の家族に囲まれて育ってきた彼だから、おかえりなさいと迎えてもらう言葉は嬉しい。でも、私の体調も気遣っている。

もしくは昼寝の一つでもしていてほしいと願っているらしく、私と二人きりではそう何度も言い出す機会もないので、今だ！　と本人としてはきつい言葉を言ったつもりのようだ。

「そんな、まさか。リオ様のお帰りを待つことは、すでに私の日課ですので」

「……おかしな日課もあったものだ」

リオ様は唇を噛んで、ついと視線をそらした。

嬉しい、という声が聞こえる。あんまりにも真っ直ぐな喜びだったから、私もなんだか照れてしまって手元を見つめた。

不思議な空気だ。さくさくと音が聞こえる。

「なんですのこの茶番」

わたくしを挟んでよくわからない空気になさらないでくださいませと、シャルロッテさんがご自身で持ってきたジャムをたっぷりぬったクッキーをさくさく食べながら呟いていた。少しばかり恥ずかしくなった。


そのままリオ様が騎士団に向かう時間となって、ほっと一安心した。

今日のお昼のお供として、シャルロッテさんのクッキーを持っていった彼は心の底で喜んでいて、次はお菓子も習ってもいいでしょうかとそっとシャルロッテさんに聞いてみると、もちろんですともと彼女は可愛らしい八重歯を見せてくれた。

いつもの通りにお家をピカピカにして、夜になっておかえりなさいと出迎えてみると、リオ様は今朝方の会話を思い出して、ほわりと頭の上に虹《にじ》を載せていた。

おはようございます、いってらっしゃい、おかえりなさい。

少しの言葉の積み重ねが嬉しくてたまらない彼を見ることは、私も好きだ。

それから同時にシャルロッテさんの発言を思い出していらっしゃる。

『ご夫婦ですのに、一度もお出かけされたことがないんですの……!? それはいかがなものかと思いますわ!?』

(確かに俺はエヴァさんに嫌われようと思ってはいるが、しかし確かにこの状況はあまりにも不憫だし、シャルロッテ殿の言う通りものには限度があるのでは？）

悶々とした声が聞こえる。

ときおり、彼は趣旨がブレる。生来の優しさが隠しきれない。心を折らないで、頑張ってください！　と応援をするわけにもいかずそれから三日後。リオ様はとうとう決心されてしまった。

言うぞ、言うぞ、という気合を入れる声が聞こえる。

言わないで、言わないで。逃げようにも屋敷の中は二人きりだし、話題を避けようにもそもそも私達はあまり話さないし、食事どきしか顔も合わさない。

ごくん、とリオ様が唾を飲み込んで、一気に言葉を吐き出した。

「あなたさえ良ければだが。次の休日、街の案内をしてやっても構わないが？」

「け、結構です!!」

こちらも気合を入れていたから、強めに断ってしまった。

リオ様は、（えっ）と心の中で目を丸くさせて、ぽとんとフォークを落とした。

しかしあくまでも心象風景であり、実際は仏頂面でこちらを見たままだ。でも本当はとてもショックを受けていた。しまったとこちらも唇を噛んで、互いに見つめ合った。傷つけたいわけじゃなかったのに。

ただ外に出ることが怖かった。

それだけだ。だからお出かけなんていらなくて、私はこの屋敷だけで十分なのに。

なのにそんなことはリオ様がご存知なわけがないので、彼はほろりと涙をこぼしていた。もちろん心の中でだけど。

(俺はここまで嫌われていたのか。成功だ。でもそこまで嬉しくない。でも仕方がない)

ごめんなさいとこっそりと両手を合わせた。そんな自分がすごく嫌で、情けなくてたまらなかった。

出かけよう、というリオ様からの提案をお断りさせていただいて数日。

明らかに私達の関わりは減った。もともと朝食とお出迎えと夕食くらいしか顔を合わせなかったし、私から会話をやめてしまえば、驚くほど何もなくなった。

リオ様も何も言わない。けれども心の中ではどうすればいいのかと困っている。

俺が余計なことを言ったからと後悔して、いいやこれでいいんだとため息をついていた。それでもやっぱりと考えて、顔を上げて、息を吐いてそのままお仕事に向かった。

リオ様が気にされることなんて、何もない。誰が外に出ようと誘ったら気まずくなると思うだろう。私自身が偏屈で、おかしいだけだ。そう、おかしなだけなんだ。

——私は、ずっとこのまま生きていくつもりなんだろうか。

リオ様に離縁された後に、これは仕方のない話だったのよと自分で納得してまたカルトロールの屋敷の離れに戻って畑を耕す。

リオ様は十ヶ月の法律があるから大丈夫と思っていらっしゃるけれど、それはあくまでも普通の令嬢の話であって、もとが変わり者の私だ。ああやっぱりと思われるのがオチで、私をもらってくれる奇特な男性なんて今後現れることもないだろう。

だからまた一人で生きていくのだ。これからも、ずっと。それはなんてまあ、楽な生き方だろう。

でもそんなの、無理に決まっている。

今まで私自身が自由にできていたのはお父様がいたからだ。伯爵家という権力があって、何もかも投げ捨てて生きていくことができた。これじゃあ駄目だとずっとずっと心の底では気づいて、考えていた。

だから今回のリオ様との婚姻もいい機会だと思ったのだ。それが蓋《ふた》を開けてみれば、彼が離縁を望んでの婚姻だったなんて思いもしなかったけど。でもそれでもいいと思った。変わりたいと思ったから。

リオ様の屋敷に行くためにカルトロールの屋敷の外に出たとき、目眩《めまい》がした。恐ろしくてすぐさまに馬車の中に乗り込んで、映りゆく景色《けしき》を眺めることもできなくて、ただただ体を硬くして膝の上で拳《こぶし》を握った。

馬車の中から御者の鼻歌が聞こえた。伯爵家御用達《ごようたし》の御者だ。まさか本当に歌っているわけがない。心の中で、彼は故郷の歌を口ずさんでいた。

おいしいオレンジ、すてきな、むぎほ

わたしは、あなたに会いに行く
きらきら星、とはきっと麦穂のことだろう。

食べたオレンジがあんまりにもおいしかったから、一目散にあなたへ向かった。そんな歌だ。

顔を上げた。いつの間にか景色が変わっている。

たくさんの屋根が並んで人が行き交い、急いだり笑ったり、みんな外を生きていた。でもときおり聞こえる声が怖くて耳を塞《ふさ》いだ。それでもたくさん聞こえてくる。私はなんで生きているんだろう。人は一人では生きていけない。離れに一人きりで住んでいるといっても、父や、たくさんの人の力を借りてそんなふりをしているだけだ。私は人と関わることができない。見る夢はいつも真っ暗で、先もない。なのにどうして。

目的地に着いて、ただただ重たい気持ちで馬車から足を降ろした。持っているのは鞄一つ。本当に、私は何をしに来たのだろう。自分が嫌になって、色んなものが重たくなって、そのまま消えてしまいたくなった。

そんなとき、ふと屋敷を見上げた。

可愛らしいお家だった。

カルトロールに比べれば小さな、という意味にもなってしまうかもしれないけれど、屋根は茶色い今にも剥《は》がれ落ちてしまいそうな瓦《かわら》で、庭だって樹木が重なってよく見えないけれどよくよく見てみれば荒れ放題だ。

なのにどこか安心した。きっと隙《すき》もなく、ぴっしりと綺麗で見栄えのいいどんなお家よりも、ほっと息ができた。肩肘《かたひじ》を張らなくてもいいんだと思った。

それから、綺麗なオレンジが生《な》っていた。

とってもおいしそうだな、と思ったとき、御者の歌が聞こえた。

——きらきら星をかきわけて、わたしは、あなたに会いに行く
(リオ・フェナンシェット様……)

彼はどんな形でも、私を必要としてくださった。

だから私はそのオレンジの木を見たとき、彼につくそうと決めた。

想像とは違った婚姻生活だったけれど、彼はやっぱり優しい人で、周囲の人達もそうだ。きっとリオ様が誠実な方だからそんな人達が集まってくるのだと思う。

初めて茶色い瓦を見上げて想像した旦那様より、彼は素敵な心を持った人だった。いつも心配事がたくさんで、困って、心配して、優しくしてくれる。なのに私ときたらどうだろう。

他人の心を覗いてほっとしたり、勝手に不安になったり。ずるをして逃げて、ずっとそう生きてきた。屋敷の外へ一歩も踏み出すことすらできない。

苦しかった。

私はいつもリオ様を出迎える玄関に立って、静かにドアを開けた。その先には扉がある。これはた

だの鉄の扉だ。カルトロールの家から来たとき、簡単に通り抜けることができた。だから出ることも簡単だ。そのはずだ。

だから今、右足を踏み出そうとした。

門扉《もんぴ》をくぐり抜けて、少し道を抜けると市場があるとシャルロッテさんが言っていた。ただそこに向かうだけ。頬に当たる風は冷たいけれど、いい天気だ。お散歩日和《びより》に違いなくて、庭にはきらきらとオレンジの葉っぱが揺れている。

なのに、駄目だった。

入ることはできる。あの可愛らしい家が私を守ってくれる。そう思える。

なのに出ていこうとすると駄目だった。足がすくんで、あの日、リオ様のもとへと向かおうと決意した勇気なんてどこかに消えて、ただの役立たずになってしまう。

(もう、いいや)

結局、私が彼にできることといえば、別れることだけなのだから。

役立たずに、何ができるわけもない。だからもういい。

残りの八ヶ月、屋敷の中を掃除して、料理して。見かけだけでも楽しく生きよう。それからまたカルトロールの家に逃げるんだ。守ってくれる家さえあれば、私はこの屋敷から抜け出せる。もういい。

その夜、おかえりなさいとリオ様にいつも通りに声をかけて、扉を開けた。

口元を柔らかくさせて、瞳を丸く。作り笑いは慣れている。

＊＊＊

このところ、エヴァさんの元気がない。

原因はなんとなくわかっている。

俺だ。

当たり前だった。いやほんとに。

（今まで嫌われようとさんっざん努力してきたものなあ！）

努力が実を結んだという言葉は素晴らしいのに、まったくもって嬉しくない。今までの自身の行いを改めて思い返した。悪行といってもいいのかもしれない。

彼女と食事で顔を合わせて、会話がないのはいつものことだ。そのはずなのに、どこかひどく空気が重くて、うまいはずのパンの味がまったくしない。

考えてみれば、いつも彼女から話しかけてくれていたのだ。俺はただ彼女の言葉をぶっきらぼうに受け止めて、食事の感想一つも満足に伝えていない。それでもいつも彼女はにこにこしていて、どこか楽しそうだったから安堵して、嫌われるつもりなのにこれじゃあ駄目だろうと自分に嫌気がさしていたのだ。

でも嬉しかった。

エヴァさんがいるだけで、ただの帰るだけの屋敷が少しずつ家という場所に変わっていく。

それは純粋に綺麗になった屋敷だとか、温かくてうまい食事を食べることができるとか、そういうこともあるけれど、きっとそれだけじゃない。

彼女がいて、おかえりなさいと言う声を聞くとほっとした。

兄弟ばかりが多くて、家族を守ろうとずっとがむしゃらに生きてきて、ふと振り返ったら彼女がいた。

俺は彼女に何もしていない。残りはたったの八ヶ月。そう思うのに、まだ半分だって過ごしていないと胸をなで下ろして、彼女の名前すらも呼んでいない。

正直、自分でもどうかと思っていたのだ。限度があると指摘したシャルロッテ殿の言葉にどきりとした。だから人よりも時間がかかってしまったかもしれないが、三日ばかりの時間を経て、決意と気合を入れた。そうして撃沈した。それからだ。エヴァさんが笑ってくれなくなったのは。

いや、笑っている。いつもと変わらずにこりとしていて、優しげで、おかえりなさいと言ってくれる。でもなぜだろう。ほっとしない。嬉しくない。これが求めていた姿であるはずなのに、彼女に声をかけようとしても、喉の奥で何かがつかえてひどく距離が遠かった。

いつもみたいに笑ってほしい。

都合よく考える俺は、なんて身勝手なんだろう。

剣を振るえば街の治安が気になるし、彼女のために野菜の収穫をしても頭の底では仕事のことばかりを考えている。なのに警備のためと街を歩けばすっかり茶色く色づいた葉を拾い上げて、彼女のことを思い出した。時間ばかりが過ぎていく。


「リオ、お前、今日はもう帰っていい」

「は、うわ、団長!?」

さて午後の訓練だと重たい剣を持ち上げたとき後ろから肩を叩かれた。

あまりの強面《こわもて》に毎度のことだが飛び跳ねそうになる。自分は高い背をしている自覚があるのに、団長はそれよりもさらに大きい。団長に会うまでは人から見下ろされるなど子どもの頃が最後だったから、近くに立たれると毎度妙な気分になる。

周囲ではえいやあ、えいやあ、とむさ苦しい声が溢れていて、剣がぶつかり合う度に火花が飛び散り、巻き上がる土煙に鼻がくすぐられた。それから即座に背を伸ばした。

「いえ、申し訳ありません、気合を入れ直します」

自分の情けない姿と顔を思い出して、ばちんと力強く頬を叩いた。集中せねば。

「いやお前の気もそぞろなのは、いつものことだ」

なんだと。

「それだけ考えが深いんだ。騎士団は脳筋なやつらが多いからな。お前くらいの小心者も必要だろう」

褒められたのか馬鹿にされたのかよくわからない。

(小心者……?)

兄上から図体がでかいわりにお前の中身は犬で、どちらかといえば室内犬だとときおり表現される言葉に首を傾げていたが、そういうことなのかと合点がいった。しかしそれはないだろうと納得できない。恐らくひどく微妙な表情で団長を見上げていた。

「そういう話ではなく。お前は新婚だろう」

団長がこちらの肩をぽんと叩いたそのときだ。

「リオ、お前結婚してたのか⁉」

「いつの間に⁉　聞いてないぞ！」

「裏切ったか‼」

様々な方面から非難のような祝福の声にわけもわからずもみくちゃにされ、ぎゅうぎゅうにされながらも、「嫁さんは大切にしろよ！」という言葉にひどく胸が痛くなる。

気づけば休暇の申請書類を目の前に突きつけられていた。

「お前の休暇の少なさには正直どうかと思っていたんだ。これを機会に、少しずつ手を抜くということを覚えてみろ」

恐ろしく声は低いのに、ひどく優しい言葉を吐くのがうちの団長である。

溜まった休みはこれくらいで減りはしないぞと団長に見送られ、ぼんやりと街を歩いた。

剣もなく鎧《よろい》もなく、軽装で街を歩くのは、どれくらいぶりだろう。

恐らく団長は、さっさと帰って嫁孝行の一つでもしてやれと言いたかったのだろうが、今の俺が帰ったところで、きっとエヴァさんは嫌気がさすに決まっている。少しでも帰る時間を延ばすのが彼女のために違いない。

この街については、端から端まで知っている。そうでなければ王都の警備など任されない。観光地の一つであるおせっかいと名高い過去の王様の像を見上げて、あんたのせいで俺は随分たくさんの書類を書かされたよとぺちりと台座に手を置くと、ひんやりしていた。当たり前だ。もう冬だ。

もともと治安の維持を目的として街を歩くことは多い。それと今とでは、まるで目に映る場所が違うのは不思議だった。ベンチに座って、ため息をつきながら深く沈んだ。あまりにも情けなかった。

一体、俺はどうしたいのか。膝を叩いて、勢いよく立ち上がった。

「せめて、見回りでもするか……」

近頃物騒な事件も多い。神から授かるギフトだが犯罪に使われることも少なくはない。いや、ギフトに振り回される、というべきか。それを防ぐために、俺達がいる。

これではまったく休暇になっていないとわかってはいるものの、他の時間の使い方がわからなかった。

夕方に向けて街は少しずつ店じまいをしていく。人通りも少なくなる時間なのに、炎色石を求める人が多く見えた。

俺が生まれた土地よりも暖かな王都だが、それでも冬に近づけば寒さが辛くなってくる。指先を赤くしながら、背中のカゴいっぱいに石を詰め込んだ行商人が声を高らかに歌っていた。

売れ行きは好調なようだ。クグロフ兄上が騙《だま》されたのもあの石の採掘だ。石さえあれば生活に困りはしない。眉唾《まゆつば》の儲け話もよくよく耳にすることだ。目がくらむのも無理がないと思うべきなのか、どうなのか。

一歩いっぽと踏み出すごとに小さな家が多くなる。すっかりと店もなく、この辺りは人の入れ替わりも激しい。そろそろ戻るべきかと考えたとき、犬の鳴き声が聞こえた。

「わんっ」

顔を向けると、老婆が道端に店を広げている。

犬はどこに？　と首を傾げると、彼女の懐から、ぴょこんと白い顔が飛び出した。あんまりにも小さいからわからなかった。

「いらっしゃい」

老婆の店に並べられた花を見て、老婆の懐から飛び出しぐるぐる周囲を回る犬の頭をなでた。

綺麗な花だな。時期外れだ。作るのも大変だっただろう。

そんな話をしているうちに、気がついたらそれを買い込んでいて、白い息を口いっぱいに吐き出しながら駆けていた。

馬鹿だなと思う。嫌われようと、そう考えていたじゃないか。

嫁さんは大切にしろよ！　と白い歯を見せて笑う先輩方の姿を思い出した。花を買って、機嫌を取って、それでどうしろというんだ。そんなのただの自己満足だ。嫌われようとしていたじゃないか。結果は大成功だった。よかったな。喜ぼう。手のひらを叩いて笑ったらいい。

そんなこと、できるわけない。

噛みしめた口元から吐き出す息が、ひどく熱い。

あまりにもちぐはぐな自分の行動にわけがわからなかった。屋敷の前で息を整えて、顔をこする。

背中に花を隠したまま玄関に立つと、いきなりなものだから、エヴァさんがびっくり顔でこちらを見ている。

いつものおかえりなさいの言葉をもらって、彼女はすぐさま背中を向けた。だから叫んだ。

「エヴァさん！」

彼女の名前を呼んでしまった。

困った。エヴァさんが驚いているということはよくわかる。勢いのままに、背中に隠した花を突き出した。

「ただのもらい物だ。私には必要ないものだから」

花を買うことは初めてだった。

少しばかりの気恥ずかしさがあったことを思い出して、それでもエヴァさんに渡したくてたまらなかった気持ちが溢れた。雪のような真っ白い花は、彼女の黒髪によく似合った。

俺は片手で持つことができるのに、彼女は無理やり渡されたそれを腕いっぱいに抱えて、ぱちりと瞬きをした後に、じいっと俺を見上げた。

それからゆっくりと笑った。

「……ありがとうございます」

その笑顔が、あんまりにも可愛らしかったから、俺は自分の口元を押さえた。必死に息を呑み込んで、後ずさった。走り抜けたときよりも心臓が飛び跳ねて、胸が痛い。

なぜだかわからない。ただ、ここから逃げ出さないと、と思った。

彼女の顔を見ることができなかった。

もしかするとこれは罪悪感なのかもしれないし、そうじゃないかもしれない。

残りの月日を数えた。エヴァさんの青い瞳を見ると、何かを望んでしまいそうで必死に顔をそむけて逃げた。

それでも渡した花を嬉しそうに抱えて、家中の花瓶に飾って水を取り替えている彼女を見るとくすぐったくて、心の中は逃げ出したいのに体が動かない。

花瓶の隣には、今では大きなカボチャの頭が並んでいる。

エヴァさんがこちらを向いた。だから慌てて顔をそらした。これでは嫌ってくれと言っているようなものだ。でも今度彼女の顔を見てしまったら、俺は自分がどうなるのかわからなかった。

＊＊＊

リオ様から花をいただいて、一ヶ月が経った。

彼は以前よりも家での時間を作ってくださるようになった。きちんと休みを取るようにと言ってくださった、きっかけである団長様には感謝してもしきれない。

暖炉の中ではあかあかと炎色石が燃えていた。すっかり外の空気は寒くなってしまっていた。視界の端には、彼がくれた花がちらちらと揺れている。花瓶に入れる水に天幕水と同じ液をほんの少し垂らしこめば、普通の切り花よりもずっと長持ちするのだ。

真っ白い雪のような花弁が可愛らしくて、あの花をいただいたときあんまりにも嬉しくて、ありがとうございますと彼に告げたときのことを思い出した。

……それにしても、私の顔も見ることができないって、どういうことなんだろう。

あのときの私はそんなにひどい顔をしていたかしらとぺちりと頬を触ってしまった。私は人の考えを知ることはできるけれど、彼自身が困惑していていまいちよくわからなかったのだ。

普通に考えれば外に出たくないと駄々をこねる私に呆れて、もう顔を見たくないという意味なのではと思うけれど、どうやらそれも違うみたいで、心の中では尻尾を振ったり耳を垂らしたり、それはもう大変忙しそうだった。もともとリオ様は色んな考えをしていて、他の人よりも読み取りづらいのだ。

まあいいかと適当に頷いて、温かい紅茶を持って、リビングのソファに座る彼の目の前に置いた。人の心の中を詮索《せんさく》しても仕方がない。

私の顔を見ることができないと彼は考えながらも、今もなぜだか嬉しげに尻尾が揺れていた。私が喜んでいるようで、嬉しい。そう叫んでいるみたいで、少し照れた。

(リオ様って、ほんとに犬みたい)

本当に可愛らしくてたまらない。

頑張って難しい顔をしているけれど、本当はこちらのことが気になって仕方がないのだ。

「そういえば、犬が……」

「はえっ⁉」

ふとリオ様が思い出したように呟くから、てっきり考えがわかってしまったのかと思って飛び跳ねた。いや実際は気合でもう少し抑えたものだったかもしれないけれど。

驚いた私を見て、リオ様も驚かせてしまった。お考えを探ってみると、彼が購入した花屋では、一匹の犬がいたそうだ。同じく花瓶を見つめながら、リオ様も記憶を遡《さかのぼ》らせていたらしい。

「ど、どうかしたのか？」

「い、いえそんな。なんでも。あの、その、好きなので！　昔、飼っていて、そう、犬は大好きで！」

「そうなのか。エヴァさんは犬好きなんだな」

「えっと、はい、そ、そうですね……」

好き、ですね、と再度静かに呟く自分の言葉に他意はない。

ほんとに。

これっぽっちも。

必死にお盆で顔を隠してこっちを見ないでくださいと思っているのに、そもそもリオ様は私を見てすらいない。

(俺はエヴァさんを見てはいけないからな！)

いやもうほんとに、それはなぜに。

彼自身が理解できていないことは、私自身が考えて予想しなければわからないのだけれど、人との接触を極端に避けていた経験不足な私としては、気になるけどまあいいやと投げ捨てる以外の選択肢はなかった。

でも変わろうと思った。もういいやとなんでも投げ捨ててしまう、そんな自分を変えたかった。

鉄の扉を前にすると、しくしくと心臓が痛む。怖い、と叫んでいる。この少しの門扉をくぐることもできない。息が苦しい。それでも。

(リオ様の、お夕食を作ろう)

そうだ。リオ様の晩ごはんを、私は作らなければいけない。

材料は宅配便をお願いしているから困ることはないけれど、それでもやっぱり、あとちょっとの材料があればと思うときがある。あと少しだけ緑があればな、とか。風味をつけることができたらな、とか。

なら自分でお買い物に行けばいい。リオ様のためにおいしいご飯を作るんだ。それだけだ。

扉の前で幾度も息を吐き出して、呑み込んだ。怖い。怖いけど。

彼はとっても可愛いお花をくれた。

えいや、と飛び越えていた。

たった一歩のことだけど自分でびっくりして、使いもしないものだから、ぴかぴかのまるで新品のままの外靴を見下ろした。何度も行ったり来たりを繰り返して、たまらず両手を握りしめて飛び跳ねた。

そしたら転んだ。通りすぎた人が不思議そうにこちらを見て、何をしているのかしらと訝しげに思っていることに気づいたから、やっぱりそのまま家の中に逃げ帰ってしまったけれど、確かに一歩を踏み出せたのだ。

それなら、明日は二歩踏み出そう。

いいや、お店までたどり着こう。

お買い物をしよう。

今度はシャルロッテさんからもらった地図を頼りにお肉屋さんに行ってみた。

買い物をするのも初めてだから、声がひっくり返って、結局何も買わずに逃げ帰ってしまったけれど、家の扉に背中をつけて、どきどきする心臓を落ち着かせるように胸をなでた。

大丈夫。進んでいる。

きらきら星をかきわけて、わたしはあなたに会いに行ける。

第三章　ヴァシュランマーチへようこそ

「おおおおおお」

（大丈夫か）

「おおおおお、おおお」

（顔が真っ赤だ。今すぐにぶっ倒れそうだな）

「おおおおおうおう、おネギを！」

（ネギを）

「くださいっ‼」

「ま、まいどあり……」

店主の呆《あき》れたような思考がガンガンと流れてくる。大丈夫か、倒れられたら困るし騎士団でも呼ぶかな、と心配なのか困惑なのかわからない気持ちが流れ込んだところで気合を入れた。

万一リオ様が来てしまったらとっても困るし気まずいという言葉だけでは終わらない。不審者が嫁だなんて冗談では済まされない。

使ったことはないものの、お金くらいは知っているし持っている。えいやっと勢いよく銅貨を突き出すと、なんだ、ただの客かと彼は心の底で呟《つぶや》いた。

「お嬢ちゃん、カゴは？」

「か、カゴ……？　か、抱えて持ちます！」

「いやお嬢ちゃんがいいんなら構わねぇけどよ……」

そうか、お買い物にはカゴがいるのか！　まったくもって常識の範疇《はんちゅう》外だったとネギを抱きかかえて走り抜けた。周囲の人達は私を見る度はっとしたように瞬いて、あの子、なぜかネギを持っているぞ？　と考えていた。大変恥ずかしかった。

しかし第一関門は見事に突破し、家に帰ってキッチンに立ち、記憶の中にある味を引っ張り出しておだしを温め、ついでにお野菜もほかほかにしていく。味見をすると、とってもおいしい。リオ様に最初に教えてもらった味だ。

その日の夜、食卓に出すと、彼はあれっと目を丸めた。いつも作るご飯とは少し違う。リオ様は懐かしいと心の中で考えて、ぱくぱくと嬉《うれ》しそうにお鍋《なべ》を食べた。彼の故郷の味だったらしい。

喜んでくれた。よかった。

(リオ様のことを、もっと知りたいな……)

私なら簡単にわかるけれど、そういうのはちょっと違う。

相変わらずリオ様は私を見ると、頭の中で尻尾《しっぽ》を振って、それからぷいっと必死でそっぽを向く。苦笑した。彼は考えることがたくさんあって大変みたいだ。

（教えて、くれないかな……）

例えばリオ様の好きなものとか。嫌いなものとか。

インチキみたいなギフトではなく、もっとちゃんとした方法で彼のことが知りたい。自分にこんな気持ちがあるなんて知らなくって、なんだかとっても不思議で、くすぐったかった。

だから、彼に聞いたのだ。


「リオの好きなものを、僕に教えてくれって？」

マルロ様が瞳《ひとみ》をくるくるさせて瞬いた。

（何を言っているんだ、エヴァ夫人）

「何を言ってるの？　エヴァ夫人」

思考と声がまったくもって一緒に重なる。飄々《ひょうひょう》としているように見えて、実は彼も大概正直な人間なようだ。さすがに少し恥ずかしくなった。

マルロ様は警備と視察という目的で、あれから定期的に屋敷に顔を出してくださるようになった。しかしいくらリオ様のご友人といえど、異性と屋敷に二人になるのは抵抗があるから、今現在は庭の椅子《いす》に座ってぼんやりとお茶を楽しんでいる。見渡した風景は絶景とは言い難い。少しずつ手入れをしているのだけれど、まだまだ時間はかかりそうだ。

リオ様のご友人であるからと思ったのだけれど、マルロ様に問いかけるのはやっぱり少しおかしかっただろうか。

　彼の心の中では楽しいのか、おかしいのかわからないような気持ちでケラケラと笑っていて、相変わらず考える速さもすさまじい。心配事ばかりで読み取りづらいリオ様とは別の意味でわかりづらい頭の中の持ち主だ。わかったことといえば、今日のところはまったりとお茶を楽しんでくれているというくらいだ。

（リオの好きなもの……？　と言われてもな。嫌いなものならわかるけど。酒だな）

　彼はほのかなレモンの香りを味わいながら考えてくれているらしい。なるほど、彼にお酒を勧めることは絶対にやめよう。

「男同士に趣向を問いかけられてもなあ。僕じゃなくて本人に聞きなよ。新婚なんだし」

「い、いえ、もう三ヶ月はとっくに経《た》っていますし……」

「十分範疇内でしょ」

　にかにか笑っている。マルロ様はリオ様と私がうまくいくことを望んでいらっしゃるのだ。知らないふりをするのもなかなかつらい。

　とりあえず私も紅茶を飲んでごまかしたのだけれど、彼からすれば照れ隠しのように見えたようだ。違いますよ！　と言いたいのに言ってはいけない。そういう我慢は得意なはずなのに、妙にくすぐったくてたまらない。

　それにしても、本人に聞けだなんて。それができないから、こうしてマルロ様に尋ねたのだけれど、やっぱりずるはできないようだ。それじゃあ諦《あきら》めようとぼんやり空を見上げて、いやいやと一人で首を振った。簡単に諦めるところを変えていきたいと、考えたばかりだったのに。

（私、なんでこんなにリオ様のことが気にかかるんだろう……）

関係だけで言うのならば夫だからといえばそうだし、彼が優しくっていい人だからといえばその通りだ。でもどれもしっくりこない言い訳で、うんうんと唸《うな》っているとき、「そうだそうだ」とマルロ様が懐から小瓶を取り出した。

「忘れないうちに渡しておくよ。これで間違いない？」

「はい！　大丈夫です、貴重なものをありがとうございます」

ぴかぴかとピンク色が可愛《かわい》らしい大きな粒が、瓶の中には敷き詰められていた。

「結婚祝いになんでもいいから贈らせてほしいと言ったのは僕だけどさ。ほんとにこんなものでいいの？」

不思議そうなマルロ様に、もちろんと頷《うなず》く。

こんなに大きくてしっかりとしたものはあまり出回らないらしい。市場で日常的に売っているものだと思っていたけれど、この間やっと買い物を覚えてからしみじみと感じたことは、私はとても知らないことが多い、ということだ。

「これがいいんです。とってもしっかりとしたお塩です。いいものが作れそうです」

塩の瓶をうっとりと握りしめると、相変わらずマルロ様はしっくりこない表情で肩をすくめる。

「作るって……何を？」

「花の塩漬けです。塩で花びらをつけると、匂《にお》いまで閉じ込めるからとっても長持ちするんですよ。リオ様にいただいたお花を、なるべく長く持っておきたくて」

できればあの可愛らしい白い花びらを長く見つめていたかったから、マルロ様からの申し出にもしよければとお願いしたのだ。

「リオが？　夫人に？　花を？」

あんまりにも嬉しくてにこにこしていたら、マルロ様は仰天したように、何度も瞳《め》を瞬かせた。とても驚いていらっしゃる。と思えば、本当に喜ばし気に彼は笑っていた。

しかしそれは心の中だけで、実際のところは、ふうんとどうでも良さげにどこぞへと視線を投げかけていた。

(なんだ、リオのやつうまくやってるんじゃないか。そうかそうか)

勘違いしていらっしゃる。これはしまった。

「あの、マルロ様、違うんですよ。たまたま、リオ様がお花を持って帰ってくださって」

「うんうん。わかってるよ。たまたまだね」

(そんなたまたまあってたまるか)

「偶然に！　いただいたとかで！」

「そうだね、偶然だね。素晴らしい偶然だ」

（あのむさ苦しい騎士団で、どこでもらうっていうんだよ）

買って帰ってきてくださったのは事実だけれど、マルロ様が望む現状ではないのに。あまりにも私があからさまに落ち込んでいる様子だったから、気を使わせてしまっただけだ。いけない。まったくもって、彼の心に響かない。気のせいか爽《さわ》やかな風まで吹いているような気がする。彼は長い足を組みながら、さわさわと風を感じていらっしゃるご様子だ。似合いすぎて怖い。もう駄目だ、話題をそらそう。

ええっと、ううんと、と脳みそを絞ってみたものの、もともと話題には乏しい自分だ。考えあぐねていたとき、そういえば不思議なものを見たことを思い出した。

ネギを抱きしめながら必死で屋敷に戻ってくるまでの間、なんだろうと首を傾《かし》げたのだ。けれども誰《だれ》もそのことを不思議に思っていないから、まるで私がおかしいような気になってくる。いや事実なんだろう。世間知らずといってもいいのかもしれない。

「あの、もしかすると、聞くのはお恥ずかしいことなのかもしれないんですが」

とは前置きしながらも、なんだろうと気になっていたことも事実だ。

「出かけたときに、不思議なものを見まして」

「不思議なもの？」

マルロ様は心の中のニヤニヤ笑いをしまい込んでこちらを見た。

私はマルロ様からいただいた瓶をテーブルに置いて、両手で小さな正方形を作る。だいたい私の手のひらよりも大きなサイズだ。

「あの、これくらいの大きさの瓶が街のいたるところにあったんです。だいたい扉の前近く、と言いますか。家一軒につき、一つといった具合で。あれは……一体なんなんですか？」

用途がまったくわからないし、蹴飛《けと》ばしてしまうかもしれなくて、ちょっと危ない。

マルロ様は私の疑問に眉《まゆ》を顰《ひそ》めた。その仕草を見て、やっぱり常識知らずで聞くにも恥ずかしいことだったんだろうかと恐縮したとき、「ああそうか」と彼は思いついたように手を打った。

「夫人はここには来たばかりだったね。それじゃあ知らないのも無理はないよね。あれはヴァシュランマーチが近いからだよ」

「ヴァシュランマーチ？」

以前マルロ様と会話をしていたときに、彼がぽろりとこぼしていたような気がする。あのときは口を挟む隙間《すきま》もなかったけれど。

そうそう、とマルロ様は頷いた。

「まあ、冬の風物詩、みたいなものかな？」

首を傾げる私に、マルロ様は丁寧に説明してくださった。

なんでも新年を祝うお祭りで、年の暮れが近くなると街の人々は家の前に瓶を置いて準備する。そして当日の夜には熱も消えかけているような、使いかけの炎色石《えんしょくせき》を閉じ込める。ぽつぽつと石畳を照らし道を作り、多くの人が練り歩く日なのだ。

昔は街に数個ランプが置かれているだけだったのが、いつの間にか誰でも参加ができるようになり、街全体で楽しむ大きなお祭りとなった。

ずっと昔、おせっかいでおかしな王様と名を馳《は》せた、婚姻届を目眩《めまい》がするくらいに大変な量にしたその人は、おせっかいであるくせに民には愛され、彼がいなくなった後も王様を忘れないようにという目的で始まったそうだ。

彼はとってもシャイで恥ずかしがり屋で、誰にも素顔を見せなかった。だからその日はみんなで王様のマネをする。仮面やら、帽子やらで顔を隠して誰でもないふりをする。そうして年が明ける瞬間まで街の隅々まで歩いて楽しむ。

「夜通し歩くものだから、お腹《なか》が減る。各々《おのおの》手作りのクッキーを作って、懐に隠し持つのがお決まりだ。王都では一番盛り上がる祭りなんだけど、街の外では案外関係ないよねえ」

僕も他所者《よそ》だからすごくわかる、とマルロ様はご納得されているようだけれど、私からしてみれば大勢の人間が集まる祭りに自分が繰り出すだなんて正気の沙汰《さた》とは思えないので、あえて右から左に聞き流していた可能性もある。曖昧《あいまい》に笑った。自分の常識のなさを定期的に痛感してとても恥ずかしい。

お祭りに出る出ないはともかく、それならうちの屋敷の目の前にも瓶を置いた方がいいだろうか。丁度マルロ様が届けてくださったお塩の瓶がいい具合かもしれない。でも少し小さいかも。

「マルロ様、瓶の大きさに決まりはあるのですか？」

「ん？　いや、ないよ。炎色石が入ればいいから。小さいものなら小さい石を入れればいいだけだし」

なるほど。それなら問題ない。さっそく中の塩を使って、花を漬け込んだ後に屋敷の前に置いておこう。さすがにお祭りに参加することは無理だけれど、これくらいならきっと気分だけでも味わえる。

ああそうだ、とマルロ様は思いついたように声を出した。

「リオを誘ったら？」

「……えっ？」

あんまりにもあっけらかんと言われたものだから、一瞬何を言われたのかわからなかった。そうして頬杖《ほおづえ》をつきながらこちらを見ているマルロ様と目が合って、理解した。

「え、いや、え、いや、いやいや！」

そんなの無理だ。だって一ヶ月前にお出かけの誘いを断ったばかりなのに。絶対無理に決まっている。しかしマルロ様にその言い訳をするわけにもいかない。嫁が夫の誘いを断ったのだ。リオ様からしてみれば、ご友人といえど知られたくはないことだろう。

「い、いえ、それだけ大規模なお祭りでしたら、きっと警備も大変になるでしょうし……。我儘《わがまま》を言うわけにはいきませんし」

「警備は昼夜で交代制だよ。去年もその前もそうだったから今回もそうだと思うし大丈夫でしょ」

「……きっとお疲れでしょうから、そんなまさか」

「大盛り上がりの祭りだからね。騎士団の連中だって、仕事が終われば喜んで飛び込んでいっているよ」

にこにこしている。

うふ、と二人で笑った。うふふ、ふふ。

マルロ様は折れない。わかる。温厚なように見えて意見は曲げない。自分の中の考えを、当たり前のものとして考えている。そういう人なのだとなんとなくわかる。だって声が聞こえるし。

（いやあ、エヴァ夫人となら、そりゃあもう、リオは喜ぶに決まってる）

決まってませんから。

とりあえずとそこで会話は終わらせて、マルロ様を見送り家の掃除を再開した。できれば次は外装に手をかけたいのだけれど、さすがにそれをするのは外聞が悪い。スカートをめくり上げてトンカチを振るう女の姿をご近所様に見られた際には、私ではなくリオ様の外聞がお亡くなりになってしまう。

仕方ないので日課の拭《ふ》き掃除に掃き掃除を行いながら、マルロ様の言葉を思い出した。

——ああそうだ、リオを誘ったら？

簡単に言ってくれる。

でも本当は心の底では、それはいい考えかもしれないとも思っているのだ。

だってマルロ様がおっしゃったとき即座に無理だと思ったけれど、それはこの間断った気恥ずかしさからで、街中の人が集まるお祭りに私が参加できるわけがない、ということを一瞬でも忘れていた。

マルロ様のお話では、ヴァシュランマーチはみんな思いおもいの仮面をつけて参加するらしい。それなら多少私の挙動が不審だったとしてもなんとかなるかもしれないし、顔を隠すと思うと安心感がある。

だからもしかしたら大丈夫かも、なんてそわそわしていて何度も布を往復させているうちに、びっくりするほど窓ガラスがぴかぴかに磨き上げられていて、顔が熱くなってきた。

そうだ、本当はリオ様と一緒にお出かけしたい。でも断ってしまった。街の案内をしてもいいと言った彼に、結構ですと告げてしまったとき、リオ様はひどくショックを受けている様子だった。

もし私がリオ様を誘ったとして、それは嫌だと全力で拒絶されてしまったら。そりゃあもう悲しくなることは目に見えていて、彼のショックを思い出すとなんだか怖い。

（……ちょっと待って、その考え方はおかしいわ）

だってリオ様は勇気を出して誘ってくれたのだ。それを断った私が、断られることが怖くて何もできないだなんて失礼な話だ。

だから今度は私が勇気を出す番だ。以前は嫌だと言ったくせに、なんなんだと思われてしまうかもしれない。でもそれは仕方がない。全部自分が原因なんだから。

「よし、今日はリオ様が帰ってきたら、絶対にお誘いしよう！」

決意は鈍らないうちに実行するに限る。扉を開けて、おかえりなさいと告げたら絶対に言う。決めた。絶対だ。

ふんふん、と鼻息荒く窓枠まで磨いていく。ぴかぴかだ。絶対、頑張るぞ！

＊＊＊

今日も終わった。仕事が終わった。

体力的には問題ないが、擦り切れた精神は眠らなければ治らない。

遅くなってしまったとコキコキ首を動かして、エヴァさんが待つ屋敷に戻った。今日の晩ごはんはなんだろう。考えると足が弾む。一時期、彼女はとても元気がないように思えていたけれど、今は楽しげに家の中を花で飾ってくれている。

よかったと思う気持ちと、彼女に会いたくない、という気持ちと、やっぱりすぐさまに抱きしめたい、という思いがある。いや待て最後がおかしい。そんなこと思ってないぞ。

忘れろと願いながら自分の頬《ほお》を引っ叩《ぱた》いた。大丈夫、忘れた。そんなこんなで、必死で別のことを考えながら意識をそらしていたとき、屋敷の前に小瓶を見つけた。こんなものあったかなとしゃがみ込む。丸い縁で、置かれたばかりの綺麗《きれい》な瓶だ。そして気づいた。ヴァシュランマーチだ。

きっとエヴァさんもどこぞから聞いて、そっとこれを入り口に置いたんだろう。今まで祭りを楽しむという思いすらもどこかにすっ飛んでいたから、何か懐かしい気持ちになってきた。フェナンシェットの領地にいたときは、ヴァシュランマーチではないが、年に一度の祭りはあった。弟と甥《おい》っ子達が楽しげに準備をしていたものだ。

空はすっかり、とっぷりと暗くなっているが、屋敷の窓からは明かりが漏れていてほっとした。

（エヴァさんと、楽しめたらな）

いつもは警備だなんだのと飛び出して、終わればそのままベッドに直行して、目が覚めると年が明けてまた勤務の繰り返しだ。まともに祭りを楽しんだこともない。でも今年はエヴァさんがいる。たとえあと七ヶ月もないとしても、彼女は俺《おれ》の家族なんだ。

（誘って、みるかな）

彼女と手をつないで街に繰り出すことができたらきっと楽しい。うん、そうだ、と頷いた後にすぐさま思い出した。この間、思いっきり断られたばかりじゃないか。

自分の家の門の前をぐるぐると何度も回って顎《あご》を引っかく。

嫌だと言っている相手を何度も誘うのはよくないのでは。絶対よくない。嫌われる。しかし俺は嫌われたかったはずだ。つまりこれは目的通りなのでは。ちょっと待てよくわからなくなってきた。

ええいままよ、と門を勢いよくくぐり抜けて、ドアノブをひねる。

エヴァさんはそろそろかとわかっていたのか、すぐさまひょっこりとドアから顔を覗《のぞ》かせた。久しぶりに彼女の顔をまともに見て、一瞬頭が真っ白になった後に目的を思い出した。おかえりなさいといつも通りの言葉の後に、エヴァさんは何かを告げようとぱくりと口を開けた。その姿を見ながら気合を入れる。

（そうだ、俺は言うぞ！　ヴァシュランマーチに彼女を誘う！　絶対に、誘ってみせる！）

「…………」

「…………」

エヴァさんが、何かを言い出そうとしたまま、なんともいえない顔つきでこちらを見上げた。それからコホリと咳《せき》をして、顔を赤くしながら視線をそらした。なぜだろうか。

よくわからないけれどひどく気まずいような、不思議な沈黙が流れていた。

＊＊＊

一体その決意はどこから持って帰ってきたんですか⁉

なんてツッコミを入れるわけにもいかず、勢いづけて伝えるつもりだった微々たる勇気が、はらはらこぼれて消えていく。びっくりしすぎて思いっきり反応してしまった。リオ様が首を傾げている。そりゃそうだ。ごまかしたくて、けふけふと咳をしてみた。不審がられると思えば今度は心配した気持ちが流れてくる。もう私はどうすれば。

互いにタイミングを計りかねて言うべきときを逃《のが》してしまった。これはもう仕方ない。仕方ないよね。うん仕方ない。

「あ、晩ごはんの準備は、できてますので」

ご飯にしよう。仕切り直しだ。

食べて英気を養おうとリオ様に背中を向けたときに声が聞こえた。

(そうだな。まずは晩飯を食べてから)

そうそう、と彼の声に頷く。

(なんて言っていたら俺はいつまで経っても言えないに決まってる！)

なんと。

(言うぞ、今すぐ！)

なんだと。

「エヴァさん、私と」

「うわーーー!!」

力技でごまかした。すっぺんっと滑って転んだ。うまい具合に回ったから痛みはない。慌てたリオ様がこちらに手を出す前に勢いよく立ち上がった。

「大丈夫です、大丈夫ですから、まずはご飯を！」

食べましょう！　と力を込めて叫ぶとリオ様は若干引き気味に頷いた。

「あ、ああ」

それでいい。今はまだ勇気が出ない。でも必ず、私からお誘いする。いや彼の返答がすでに予想できている時点でまったくもってフェアではないけど、それでもリオ様に甘えきっていた分、せめてものケジメというものである。

ですのでリオ様、今しばらくお待ちください。せめてご飯を食べてから。

「エヴァさん」

「ああっ！　火をかけたままでした！」

「年越しなんだが」

「ンンッ！　早く食べないと、おいしさが減りますね！」

「もしよければ」

「ひゃーーー！　さすがさすが、シャルロッテさんのレシピです、お肉がとろけてます！」

「…………」

「…………」

頭がおかしいと思われたらどうしよう。というかもうリオ様、大半言っているようなものだし。

明らかに私の様子がおかしいのに、リオ様はリオ様で必死で勢いも衰えない。言うぞ！　と決意している。次こそはと。攻防を繰り広げるうちにお皿の上もすっかり綺麗になっていて、彼はゆっくりと水を飲んだ。そして叫んだ。

「エヴァさん、私とヴァシュランマーチに」

「行きましょう！　リオ様、一緒にヴァシュランマーチに行きましょう！」

彼を止めることなど不可能だった。だから思いっきり言葉をかぶせた。気合を詰め込んで声を震わせたものだから、口と肩がはあはあと揺れている。恥ずかしい。リオ様はかぶせられた言葉にぽかんと口を開けて、それからじわじわと言葉の意味を呑《の》み込んだ。

えっ、と驚いたような気持ちの後に、遅れてぱあっと明るくなる。仏頂面も忘れてリオ様は内面も、外側も喜んでいた。

なんでエヴァさんが俺を誘うんだ？　と不思議に思う気持ちもあるようだけれど、それでも嬉しさの方が勝っていて、ごそごそと口元を大きな手のひらでこすっていた。

それから自分が返事をしていないことに気づいたらしい。慌てて顔を上げて、「行こう!!」と出した声はさっきの私の声よりも大きくて、びっくりして椅子から落っこちるかと思った。

「は、はい……」

「あ、その、悪い」

「いえその、そんな」

互いにやりすぎたと反省して、いそいそと食事の片付けをした。

いつも通りにおやすみなさいと頭を下げて、ベッドに入った。

寒くなったから増やした毛布の中にくるまった。そして声にならない声で叫んだ。ひああ、と自分でもびっくりするような変な声だった。万一リオ様に聞かれでもしたらたまらない。引っ越しをしたから、私の部屋の隣の隣がリオ様のお部屋だ。

（一緒に！　お出かけ!!）

必死で口をつぐんで、でも小声で叫んだから、はたから見れば毛布がふがふがと暴れているように見えるかもしれない。結論からいえば私から誘ってしまった。

なんだこいつと思われなかっただろうか。いやそんなの思っていなかったって知ってるけど。そんなことなかったけど！　でも明日になれば、また考えは変わってしまうかもしれない。人の気持ちは変わるものだ。そんなのよくよく知っていることで、理解していた。でも、それでもと体を丸まらせた。

嬉しい。

楽しみ、といえばいいのかもしれない。

不安な気持ちはあるけれど、それ以上にわくわくして嬉しくってじたばたと暴れたくなる。だってこんなの初めてだ。お祭りも、誰かと出かけるのも全部が初めてで、あと何日なんだろうと数えて片手の指で足りることに気づいて、わあとベッドから飛び上がった。

次の日起きても、リオ様の気持ちは変わることがなくてほっとした。でもいつも以上の仏頂面を作っていて、私も負けじと面の皮を厚くして、お祭りなんてなんてこともありませんよという顔をしながらパンをちぎった。

我ながら素知らぬ顔がうまいものだと感動したけど、リオ様がいなくなれば瓶にぴったりのサイズの使いかけの炎色石を探して、ああでもない、こうでもないと家の中を散らかした。きっと外は寒いから、暖かい格好をしなくちゃとクローゼットの中をひっくり返した。

あとはお菓子だ。マルロ様が各々手作りのクッキーを作って、懐に隠し持つのはお決まりだと言っていた。本当は王様に捧《ささ》げる名目でみんながランプを囲んで食べていたものだから、作り方にも決まりがあるようで、そこはシャルロッテさんに教えてもらった。

そして体力。カルトロールの家では柵《さく》の中ならよく動いたし大丈夫だと思うけど、それでも不安はつきものだ。よいしょ、よいしょと足を動かして、ぴょこぴょこ兎《うさぎ》みたいに跳ねて、いやここまでしなくてもいいかと気づいたときにはとても恥ずかしくなった。

でも、とてもとても楽しみだった。

顔を隠すお面も作って、寒さ対策もバッチリだ。

ヴァシュランマーチ当日、行ってらっしゃいといつも通りにリオ様を見送った。リオ様も「ああ」と頷いて一歩を踏み出して、ぴたりと止まった。

「今日は、日が暮れる頃《ころ》には帰ってくる」

そのなんでもない言葉に途方もないほど勇気が必要だったことは、きっと私だけしかわからない。

リオ様はずっとタイミングを見計らって、やっと言えたと心の中で安堵《あんど》していた。わかりましたと答えながらも、本当に、可愛らしい人ねと胸の辺りが温かくなる。

小さくなる彼の背中を見送った。

そうすると、少しだけ寂しくなった。

でもこれからが大変だ。急いでクッキーを作ってちょこっとだけ味見をして、大成功だと飛び跳ねて、靴の具合を確かめた。これでいいかな。今日はたくさん歩くんだから。でも夜を越えるから、今日じゃなくて明日もねと苦笑した。

玄関で待ち構えていたら驚かれてしまうかもしれない。でも彼を一秒でも早く出迎えたくって、夕方が近づくと、まだかな、まだかなと何度も出口を往復した。

準備をしている時間はあっという間だったのに、終わってしまうと時間の流れが遅くなる。

まだかな、まだかな。

ゆっくりと時計の針が進んでいく。

――とっくに、日は沈んでしまった。

瓶の中では炎色石が、ほんのりと赤く灯《とも》った。

幾度も扉を開けて、閉めて、家の中で座り込んだ。お祭りは夜通しするんだから大丈夫。きっとお仕事が忙しくなってしまったんだ。忘れてるわけなんてない。だって朝は早く帰るとおっしゃっていた。

くるりとお腹が小さな音を主張する。

少しだけ怖くなった。もしかして、リオ様はもう一生この家に帰ってこないんじゃないだろうか。そんな馬鹿《ばか》な考えまで思いついた。ここは彼の屋敷なのに。私が出ていくことはあっても、リオ様がいなくなるなんてありえない。

扉の外で、誰かの気配がする。

ドアベルが鳴った。慌てて顔を上げて、外の主を確認する間もなく扉を開けた。暗い中で、その人のびっくりした声が頭に響いた。リオ様、と呼びかけようとした。でも違った。当たり前だ。彼ならドアベルなんて鳴らすわけもない。

見覚えのない男性に、ひっと喉《のど》の奥で悲鳴を鳴らして、体が硬くなった。でもすぐさま彼の考えが流れてきて、男性はリオ様の同僚なのだと知った。その人は驚かせて申し訳ないということと、リオ様から言付かったのだという旨を告げた。

「リオはまだ少し帰宅まで時間がかかるとのことでして……。日が変わるまでには、必ず戻るから待っていてほしいと、そう言っておりました」

ああそうなんだと安堵した後、彼の気持ちが流れこんだ。

(恐らく、無理だろうなあ)

えっ、と漏れそうになった声を口元を押さえて呑み込んだ。

(言伝をリオには頼まれたものの、あの様子じゃあ無理だろう。新婚だろうに気の毒だが、マーチは来年もあるわけだし)

ではこれで、と去ろうとする彼を引き止めクッキーを渡した。今日焼いたばかりで、小腹が空《す》けばリオ様と一緒に食べようと思っていたものだ。それからわざわざ来てくださって、ありがとうございますと言葉を添えた。

彼はとても丁寧な方で、親切だった。だからこそ家まで来てくれたんだろう。

扉を閉めて鍵《かぎ》をかけた。

仕方のないことだった。青年は深くまで語らなかったけれど、流れ込んだ声を聞いたところ、祭りの騒ぎで乱闘が起きてしまったそうだ。それは丁度リオ様の仕事が終わるところで、取り押さえたものの暴れた犯人達は名前も言わず口を閉ざして、取り調べに難儀しているとのことだった。

一部《いちぶ》始終《しじゅう》に関わったのもリオ様だからいなくなるわけにもいかず、丁度終わりの時間が近い彼に伝言を頼んだ。

彼はこうも考えていた。リオもきっと今日中に帰ることができないとわかっている。でもこうまでしたけど無理だったと伝えれば、少しは奥方のへそも曲げずに済むに違いない。ヴァシュランマーチは来年もあるんだからと。

鼻をすする音が聞こえた。

びっくりした。想像よりも私はリオ様とのお出かけをわくわくして、楽しみでたまらなかったらしい。たったこれだけのことでこぼれてしまった涙に驚いて、情けなくて、恥ずかしかった。

気づくと玄関に座り込んでしまっていた。

リオ様は知らない。知るわけない。だって、楽しみなのを隠したのは私だから。

本当は嬉しいのに、すまし顔で嬉しさを隠して、入念に準備をした。

だから彼からしてみれば、もしかするとどうでもいい約束だと思ったのかもしれない。そんなのずるい。私はリオ様の心の中を知っているのに、私のことは、なんにも伝わらない。

なんでなの、と嗚咽《おえつ》を呑み込んで座り込んだ。

変なことを考えている。お仕事なのだから仕方がないし、本当にずるいのは私だ。勝手に色んなことを覗き込んで、なんでもわかって、優位に立った気でいる。

なのに伝わらないことに怒って泣くだなんて、子どもと同じだ。でも、来年なんて私にはないのに。

(私の気持ちも、リオ様に伝えることができたらいいのに)

何を馬鹿なことを考えているんだろう。

鼻で笑った。

うずくまったまま、自分の馬鹿さ加減に呆れた。涙が止まらなかった。

「こんな、ぐずぐず泣いていたって仕方ないわよね」

もう少しうまく泣けばよかったのに、後のことは何も気にせずに、ただ嗚咽を漏らした。鏡を見るのが怖いし、見なくてもわかるくらいに手のひらでこすりすぎた瞼《まぶた》と頬がかさかさしている。

年が変わるまであとたったの数時間。屋敷の離れにいたときのように、一人でぼんやりしているのもそれはそれでいいかもしれない。あれだけ悲しくて泣いたはずが時間が経つと無性に腹が立って、それすらも一人でいるとどうでもよくなってくる。

もったいないな、と思ったのだ。

きっと私は来年のこのお祭りには参加できない。カルトロールの屋敷に戻って、ヴァシュランマーチって一体どんなものなんだろうと想像して、行けたらよかったのになと遠い場所から考えるのだ。

そんなのってどうだろう。

(よくないな)

きっと後悔する。思い出す度に悲しくなってしまうかもしれない。でも私はまだこの街にいる。あとは決意するだけで、まだなんの手遅れもない。

——ヴァシュランマーチに行こう。

もちろんリオ様と一緒じゃなくって、一人きりで。

少し前の自分なら狂気の沙汰だと呆れてしまっていたかもしれないけど、今は違う。買い物だってできたし、友達と言っていいのかわからないけど、一緒にお茶をする人達までできた。

今まで何をあんなに怖いと震えていたんだろう。みんな一人ひとり考えを持っていることは当たり前だ。私だってそうなんだから、怖がる必要なんてどこにもない。と、言い切るほどには強くなかったけれど、それでも決意は固まってきた。

伝えてくれた方の考えを見たところ、リオ様はマーチが終わるまでには帰れそうにない。それなら私がこそっと屋敷を抜け出して、ひっそり戻ってきたところでなんの問題もないはず。

よしよしと早速準備していたお面をかぶった。でもどうにも心もとないし、目の部分を大きくくり抜いていたから、赤く腫《は》れ上がった瞼が見えて恥ずかしい。

どうしようかなとしばらく家の中をくるくるしていると、はっとそれと目が合った。まさかそんな。

「いやいや、そんな……」

さすがにこれはない、と自分でもわかる。

かぽりと頭にはめてみた。ぞっとするほどにしっくりきて、安心感に包まれる。

目元の辺りも暗くて、きっと周りには見えない。ただのお試しのつもりが想像よりも今の状況にぴったりだ。

「まさか……そんな……」

呟いた。くるくる回った。

意見を聞こうにも誰もいない。なので勢いよく扉を開けて出陣した——カボチャの仮面で。

仮面というよりは、カボチャの頭と言った方がいいかもしれない。

いつぞやのこと、リオ様が持って帰ってきてくださったおばけカボチャがあまりにも見事だったものだから、中身はしっかりおいしくいただいて、外見はカリカリとノミで削って立派なかぶり物に変えてしまった。

口元はギザギザしていて呼吸もしやすく、難点といえば少しばかり重たいので、翌日首が凝りそうなことぐらいだ。これならヴァシュランマーチにも参加できる、とマルロ様は腹を抱えて笑っていた。

それがまさかの文字通りになるとは。

視線を独《ひと》り占めできると言われた通りに、ときおりすれ違う人が、（カボチャ!?）とぎょっとしてこちらを二度、三度見している。

けれどまあそういう日なわけだしと自身の中で納得して、胸をさすって消えていく。

（カボチャじゃん！）

（カボチャだわ！）

（でかすぎる頭かと思ったらカボチャかよ！）

さすがにちょっと目立ちすぎたか。

夜だというのに本当に人通りが多くて、人混みという言葉を私は初めて理解した。

彼らはみんな一様に顔を隠して、友人や恋人、もしくは家族と手をつないで離れないようにとどこかへ練り歩いていく。

私は大きすぎるカボチャの頭をなんとか両手で支えて、流れに任せながらも足をふらつかせた。ざわざわとする音達は本当の声と心の声が混ざり合ってわけがわからなくなってくる。でもカボチャの頭がガードしていると思えば想像よりも楽で、誰しもがカボチャを見ていても、私のことは見ていない。気づくと足取りも軽くなった。

寒いだろうと考えていた通りに外はとても冷え込んだ。

気を抜くとぐらぐら揺れてしまうカボチャ頭の隙間から、ひゅうひゅうと風が入り込んでぶるりと身震いする。そして目的地もわからず一体私は何をしているんだろうと人の流れに流されるまま くるくるした。ちょっと出て、すぐに帰ればいいやと思っていたのに、みんな一様に同じ場所を目指しているから反転するにも難しい。

どれくらいの時間を歩いたのだろうか。楽しげな声が聞こえれば、不満げな声も聞こえる。顔も知らない、見えない人達のぐちゃぐちゃした叫びや悲鳴のような歓声など、わけがわからないものが混ざり合っていく。

　カボチャがあるから大丈夫と思っていたはずなのに、積もりつもった何かに押し潰《つぶ》されそうで知らずに鼻をすすっていた。あんなに楽しみだったはずなのに、今は帰りたくてたまらない。

（やっぱり、帰ろう）

　もしかしたらリオ様が帰ってくるかもしれない。

　そうだったらいいのにという期待はとっくに消えているのに、言葉だけでもそう思った。

「いってえ！」

「ひゃっ、ご、ごめんなさい」

「前見ろよ、どこに行こうってんだよこのウスラ馬鹿！」

　ウスラ馬鹿。初めて罵《ののし》られる単語に驚いて、ずれたカボチャの頭をかぶり直した。人がいない方にと逃げているうちに、道の端にある露店近くまで来ていたらしい。

　目の穴の向こうを覗いてみると、こちらは目元だけ隠した男性が、頬を真っ赤にしていた。そしてこぼしたお酒を見て、「あーあ」とため息をついている。酔っぱらいだ、とすぐにわかった。それでもぶつかってしまった私が悪い。

「すみません、弁償します。新しいお酒を注文させてください」

「そういう問題じゃねえだろう。こっちは気分よく飲んでたっていうのに」

それじゃあどうすればいいんだろう。びくついてもう一度謝ると、大声で怒鳴られた。少しずつ周囲の視線が集まってくる。彼が求めるものがわかればいいのに、お酒で彼の思考はぐちゃぐちゃしていて、きちんとした言葉をなしていない。

逃げた方がいいのかもしれない。なのに視線と思考が集まる度に足がすくんだ。糸のように体が巻き取られて何もできなくなっていく。ぺちぺちとカボチャの頭を叩《たた》かれた。やめてくださいと声を上げると、どんどん面白がって次第に激しくなっていく。

「こりゃどうなってんだ？　水をかけたらでかくなるか？」

野菜だもんな。野菜女か、とケラケラ笑っていた。そりゃ芋《いも》令嬢と呼ばれていたけれど。とうとうカボチャの頭を両手で掴《つか》まれた。やめて、と引っ張り返しても力じゃ負けてしまう。

見られることが怖かった。

視線が怖い。カボチャの頭を外されて、周りの人達が私を見てどう思うのかが怖かった。

嫌ですと叫んでも、なんにも届かない。ぞっとした。せめて体を縮こませて小さくなって、誰からも見えないようにしたかった。

揶揄《やゆ》する声や、笑い声が聞こえる。いいぞ、顔を見せろ。わいわいと楽しげに口笛まで吹いている人までいる。

（お願い、やめて……！）

声が聞こえた。

――エヴァさん。

聞こえるはずがないのに、彼の声が聞こえた。

周囲を見渡そうにもカボチャの頭が邪魔をする。リオ様がいたらいいのに。そう願ったのかもしれない。だってリオ様に会いたい。リオ様と一緒に、お祭りを回りたかった。

とってもとっても、楽しみにしていた。

「リオ様！」

叫んだ声は涙まじりで、情けない小娘の声だ。

何を言っているんだと酔っぱらいの男は呆れたような心の声を出しながら、「はあ？」と首を傾げた。それから相変わらずぱこぱこ私の頭を叩いて、「まあいいや」と両手ですぽんとカボチャの頭を持ち上げた。と思った。

「すみません、俺の妻が何か」

力強い手のひらで、リオ様が男性の腕を掴んでいる。

見間違いかと思った。けれども間違いなわけもなく、リオ様は肩で息を繰り返して、お祭りだというのに、お面もなく翠《みどり》の瞳でじぃっと相手を睨《にら》んでいた。

彼の性根はとても優しくって本当は小型のわんこのようだけど、見かけは大きくて迫力がある。しっかりと鍛えられているから力も強いのだろう。腕を掴まれた相手の人も一瞬酔いが醒めたような顔をして、リオ様を見上げながらひゅっと息を呑み込んだ。

リオ様は男の片手を放した。男は慌てて距離を取って、空になった自分のコップを見た。

「……あ、ああそうだ！　されたんだ！」

ハッと思い出したらしい。

「あんたの……嫁？　カボチャ？　がいきなりぶつかってきたんだよ。見てみろ、俺の大事な酒が地面にべしょべしょだ」

「エヴァさん？」

確認のためこちらに声をかけられたことがわかったので、慌てて急いで頷いた。

もとをたどれば圧倒的に私が悪い。そうでしたかとリオ様は顎を引っかいて、ゆっくりと頭を下げた。

「ご不快な思いをさせ大変申し訳ありませんでした。酒はもちろん弁償します。すみません、瓶を一つ」

息をする間もなく、リオ様は露店の店主に目配せするとあちらも機会を窺《うかが》っていたらしく、「あいよ！」と男の前に酒を差し出した。お代を払って、それじゃあと私の肩に手を回した。

すると呆気《あっけ》にとられていた男が叫んだ。

「ま、待てよ！」

落とした酒よりもいい酒を手に入れたものの、あっという間の流れに次第と腹が立ってきてしまっ

たようで、男は口元を震わせた。

「弁償しろとか、そういう問題じゃねえんだ。こっちは祭りを楽しんでいたってのに、そこのカボチャに水を差されたんだぞ。金の問題じゃねえよ」

じゃあどうすればとリオ様と私の困惑が伝わったようだが、もらった酒を手放したいわけではない。一拍の間の後で、「ほら、あんた！」と、自分のコップに、なみなみとお酒をついでいく。

「あんたも飲め！　こりゃもう俺の酒だ。俺のもんだぞ。だから好きに使わせてもらう。せっかくのヴァシュランマーチだ。落ちた酒は、あんたが飲んだんだと思ってすっきりさせらあ」

わかるような、わからないような。

矛の収めどころを探しているらしいけれど、お酒を目の前に出された瞬間、動かない表情の向こうでリオ様がぎくりと肩を震わせた。そうだ、リオ様はお酒が飲めない。

「なんだ、これくらいで終わらそうってんだ。いい話だろ、さっさと飲めよ」

ほら、と男がコップを持ち上げる度に、水面が揺れている。

「飲まねぇってんなら、俺は叫ぶぞ。暴れてやるぞ。言っておくが俺は酔っぱらいだ、怖いもんなんて何もねえ。騎士団が来るまで暴れ狂って叫んでやる」

いいえ、目の前の彼がそうです、なんてことも言えない。

どうしようと両手を合わせて、違うちがうと首を振った。お酒はまだ飲んだことはないけれど、私だって、もう十八の成人だ。もとはといえば私が馬鹿なことをしたからだ。

「い、いただきますっ！」

跳ねながら彼らの間にあるコップを横から取り上げた。

素早い動きをするカボチャだなという周囲の心の声を聞きながらも、ほんの少し重たい頭を持ち上げて、隙間から流し込もうとした。おいしくない！　という感想の準備をしていたはずが、さらに手元を奪われた。ごきゅりとリオ様が喉を鳴らす音が響く。

ぷはっと彼が口元を手の甲で拭《ぬぐ》った。

「ごちそうさまです」

いただきました、ありがとうございますと長い体を折りたたんで頭を下げた。男の人はそんなリオ様を見て、満足げに笑いながら彼の肩をぺしぺし叩いた。

「いい飲みっぷりだ！　それじゃあ、よい夜を！」

カボチャの嫁さんもな！　と手を振りながら、戦利品の酒瓶を抱えて人混みの中に消えていく。なんだったんだという周囲の視線も次第に消えて、マーチの道が動き始める。

けぷっとリオ様が赤い顔で、手首で口元を覆った。

「あ、あの、リオ様……」

「はい」

彼は鼻をすすりながら返事をしたけれど、案外焦点はしっかりしている。

「り、リオ様、お酒は飲めないんじゃ……」

「飲めないことはない。でもあんまりよくないんだ。気が大きくなってしまうから。フェナンシェットの男はみんなそうなんだ」

うん、よくはないんだ、と言葉を繰り返して、顔を手のひらでこすっている。

少なくとも平常ではないのかもしれない。一人称が俺に変わってもとのリオ様になっている。上っ面の愛想の悪い彼はそっくりどこかに消えていた。

うん、うん、とリオ様は一人で何度か頷いて、うん？　と首を傾げた。彼の疑問の心の声を聞いて、しまったと自分の口元を押さえた。そうしてリオ様は私を見下ろした。

「――俺、酒が飲めないって、エヴァさんに言ったっけ？」

どうしよう。

ほっとして気が抜けていたとしか言いようがない。持ち上げていたカボチャを慌ててかぶった。せめてもの表情を隠して、ビクビクして、何も言えずに震えた。

そうこういる間に、なるほどとリオ様は納得した声を出した。どうしよう、どうしよう。

（マルロか）

えっと瞬いた。

「ああ、マルロのやつが言ったんだな。あのおしゃべりめ」

それだけ言ってため息をついて、リオ様はすぽりと私の頭からカボチャを引き抜いた。

まさかの彼の行動にびっくりしたけれど、お酒を飲むと気が大きくなるとさっき言っていたばかりだ。すっかり彼の目はすわっている。

「俺は、君に待っていてくれと伝言をお願いしただろう。どうしてこんなところにいるんだ」

そりゃあ早く帰ると言っていた約束を破ったのは俺だけど、家に帰って明かりのない玄関を見て肝が冷えたとため息をつくリオ様の心を覗いてみると、彼は私との約束のため、必死に帰宅した。とにかくもうありとあらゆる手を使って、苦手なはずの脅しとすかしもそりゃもう色々と頑張ったらしい。やっとの思いで帰ったら、屋敷には誰もいなかった。カボチャがなくなっていることに気づいたから、まさかと思って目立つ頭を捜した。人に聞いて歩いて、寒い中のはずが汗だくになりながら私を捜した。

――なんてことは、口にも出さない。怒っているわけでもない。ただ心配して、見つけることができて本当によかったと安堵している。

「どうしてって……」

だって、リオ様が帰ってこられないと言っていたから。

考えた後で、違う、と気づいた。

誰もそんなことは言っていない。ただリオ様の同僚の方が思い込んでいただけだ。なのに私はそう言われた気になって、一人で勝手に泣いて、悲しんで、それから街に繰り出した。その事実に気づいたら恥ずかしくて、カッと顔が熱くなった。

仕方のないことだったのかもしれない。だって心の声は誰も嘘《うそ》をつかない。だからこんなことは絶対にあるわけがないと思っていた。声に振り回されていたのは私だ。きっと知らなければ、家で待って約束通り帰ってきてくれたリオ様を見て喜んだはずだ。それなのに……。

恥ずかしくてたまらなくって、どんどん気持ちがしぼんでいく。

「ごめん、なさい……」

呟いた声はかすれていた。リオ様は軽く鼻から息を吐いた。

「いいよ。見つかったんだから」

ぽんと私の頭をなでた。体に触れると、より細やかに気持ちが流れ込んでくる。リオ様は本当にそう思っていらっしゃった。唇を噛《か》んだ。でもそんな私の頭を、リオ様は何度もなでた。

「君が見つかったんだ。全部どうだっていい」

彼はそう言って、マーチに行こうと私を誘った。

カボチャの頭は大きくて邪魔だと笑って、彼がかぶった。私はもともと準備していたお面があったから、それをつけて街を歩く。ぽとり、ぽとりと蛍《ほたる》が可愛らしくお尻《しり》を振っていた。

――いいや、違う。あれはただの炎色石だ。

ぽう、ぽう、ぽう。

ほんのりと、消えかけの石達が淡く柔らかに瓶の中に転がっていて、道を照らしていく。その中を顔を隠した住民達が楽しげに歩いて、どこからか歌まで聞こえてくる。

屋台からは活気が溢《あふ》れ、夜なのに明るくて昼間みたいだ。

不思議に思って見上げた空は満天の星空だった。寒くて口元からふわりと飛び出る息でさえ、街を彩る一つに見える。

（でも、暖かい）

リオ様が、私の手を握った。大きくて、硬い手のひらだった。

「離れられちゃたまらないから」

それはただ言葉の通りの意味で、周囲ではみんな誰かと手をつないでいる。それなのに、ひどく心臓がざわついた。なんでだろう。今まで同じ景色《けしき》の中にいたはずなのに、もっと寒くて寂しかった。

リオ様がいるだけで、こんなにも周囲が鮮やかでひどく心が躍っている。

ゆっくりと足を動かしているうちに、とうとう目的地にたどり着いたらしい。

「あの、ここは？」

「おせっかいで、おかしな王様の石像だ」

「ええっと」

小高い丘の上に、昔の王様の石像を囲んで街中の人が集まっているものだから、まったく近づけない。それでもなんとか見える石像はどこか遠くを指差していて、精悍《せいかん》な顔つきだ。どこからか、鐘の音が響いた。

「年が明ける前に、城で鐘を鳴らすんだ。十を数えたらいい」

リオ様が教えてくれた。

ひとつ、ふたつ、と鐘の音を数えてやっと鳴り終えたとき、驚くほどに、わっと周囲が沸き立った。

色んな声にびっくりして、思わずリオ様の服を掴んだら、リオ様はそっと彼のマントをかぶせてくれた。

あんまりにも距離が近くて、柔らかい彼の匂いまで漂ってきて、目の前がちかちかする。周囲の熱気に当てられたのか、頬まで赤くなってきた。

(――私)

リオ様は空が綺麗だなあとぼんやり考えているだけで、酔うと気持ちが大きくなると言っていたから、多分お酒に酔ってしまって、彼にとっては特に意味のない行為だったのかもしれない。

(私、リオ様が好き)

知っていた。

でもそんなこと、言ったらいけないことだとわかっている。だって私達はすぐに別れるはずなんだ。

リオ様がマーチに来ることができないと勘違いしたとき、私の気持ちがリオ様に伝わればいいのにと思ったけど、本当はそんなの困ってしまう。でも伝えたくもあった。そうだ伝えたい。私が彼のことを好きなことを、知ってほしい。

彼の暖かいマントの中に潜り込んで、手のひらは握りしめたままだ。大きくて、ごつごつしていて、それでもどこかほっとする彼の手のひら。

ぎゅうっと握りしめた。

（伝われ）

祈った。私が、彼のことを好きなことが伝わりますように。

そう願ったとき、ほかりと彼の体が温かくなったような気がした。リオ様がかぶったカボチャの頭を不思議に思いながら見上げると、彼の真っ赤な首元だけがよく見えた。

すぐさま、彼は私を見下ろした。カボチャ頭を慌てて片手で持ち上げ、ぎょっとした顔をしている。

まさか本当に伝わってしまったのだろうか、とびっくりした。けれども違った。

（俺、なんで、エヴァさんの手を握ってるんだ!?）

彼は口元をがっちりと閉ざしながら、やってしまったとひどく後悔を繰り返していた。フェナンシェットの男は酒に弱い。酔っているのなら呂律《ろれつ》が回らないとかふらつくとか、そんな仕草があればいいのに、まったくないところがまたたちが悪い、らしい。

リオ様のお兄様もお父様も幾度も失敗を繰り返してきたから、彼は必死にお酒を自制して、弟や甥っ子達にも決してお酒には近づいてはいけないと語り続けていたのにと。

（や、やってしまった）

彼はひどく困惑していた。

（エヴァさんと手をつないでしまった。でも、すごく温かい。放したくない）

慌ただしい彼の思考にすっかり苦笑して、私は必死に表情を隠した。

いつの間にか周囲がしんとなっていた。でもそれは勘違いで歓声は響き続けていた。リオ様といるとまるで何も聞こえなくなってしまうみたいで、こんなことは初めてだった。

彼のことを知りたいと必死だった。

困った、困ったとリオ様が頭の中で言葉を繰り返している。

俺は、決してエヴァさんにふさわしくなんてない。

——これ以上、彼女に近づいちゃいけないのだと。

第四章　ギフトのちから

ギフトを犯罪に使う人はどこにでもいる。もしくはギフトを言い訳に使う人も。

あの日リオ様が捕らえた人はその典型だったようで、乱闘騒ぎが起きたと聞いて駆けつけてみたものの、見れば相手の男を一方的に殴りつけていたそうだ。

知り合い同士でよく思っていない相手だったらしく、その男は『陰気臭くて気持ちが悪いやつだ』とひどい暴言を吐いて、俺のギフトは『短気』だから、仕方がないんだと豪語していた。

もちろんそれは恐らく彼本来の気性で、ひどい言い訳を言うものだとリオ様は心の中で呆《あき》れていた。

よっぽど辛《つら》い取り調べだったのか、ヴァシュランマーチから帰ってきてリオ様は泥のように眠った。

彼の苦労を勝手に覗《のぞ》き見してしまう罪悪感を抱えながらも、翌日詰め所に向かう彼を見送った。

殴った側だけではなく、殴られてしまった側もすっかり萎縮《いしゅく》してしまって、名前を言わせることすら苦労したとのことだ。

被害にあった男の人は、殴られすぎたのか鼻まで曲がっている様はひどく悲惨だったそうだ。想像して少しばかり頭の中が痛くなってしまった。被害者側にはしばらくの間、定期的に家の付近を騎士が巡回するということで決着がついたようで、大変なお仕事をしていらっしゃるのだなと改めて感じた。

あのとき彼のことが好きだと気づいて、幸せなような、楽しいような、でも残念な気持ちが一緒に来て自分でもわけがわからなかった。

リオ様は私のことをどう思っているんだろう。なんて考えてみたところで、本当は知っている。よく思ってくれている。可愛《かわい》らしいと好意を持ってくれているけど、それだけだ。

(俺《おれ》は、エヴァさんにふさわしくない)

彼はいつもそこで止まって、考えることをやめてしまう。

私達の関係は変わらない。

でも変化はあった。ヴァシュランマーチが終わってからというもの、リオ様は以前よりも言葉が優しくなった。というより無理をすることをやめたらしい。

リオ様はよくお金がないと嘆いていて、そう思うことにも恥じているらしく、苦しげな心の声が聞こえた。

持参金を使い込んでしまったことへの後悔は大きく、たとえご実家の問題だろうと、責任感の強いリオ様としてはあまりにも強烈な心配事のようだ。でもそんなそぶりをこちらに見せることはなく、いつも自分の中で呑《の》み込もうと必死になっていらっしゃった。

本人としてはケジメをつけたくても、すっかり普段の調子で言葉が出ていて最近は諦《あきら》め気味だ。本当のリオ様は、垂れた眉《まゆ》が可愛らしいのだ。

彼がお休みの日は、二人で並んで庭を綺麗《きれい》にした。

中々時間がなかったけれど、本当は庭をいじりたくてこの家を買ったんだった、とか。こんな時間も楽しいな、とか。リオ様がそう感じてくださることが嬉《うれ》しかった。

たくさんの花を並べた。頭の上では天幕水《てんまくすい》がふよふよと揺れていて、きらきらと光を反射している。

オレンジの綺麗な葉っぱを二人で見上げた。

そしてもう一つ、私達には大きな変化があった。

＊＊＊

「ソル、持っておいで！」

ぽんと投げたボールを追って、ソルは必死にジャンプした。もふもふな体を必死でひねって、あと一歩のところで間に合わず庭の合間にころんと転げた。悲しげに鼻を鳴らしている暇もなくすぐさま飛び跳ね、木の幹にぶつかったボールをキャッチする。

はぐはぐ噛《か》んでみると楽しくなってきたようで、ボールごと転がってどんどん遠くなっていく。ふくっと吹き出したように笑ったのは私じゃない。じっとこちらを見ていたリオ様だ。

ソルは、リオ様がもらってきた子犬だ。

リオ様が午後からのお休みをもらった際、もう少しばかり庭を明るくしようと思いながら、以前に花を買ったおばあさんのところに向かってみると露店はなくなっていた。そして子犬と一緒にぼんやり途方にくれていたらしい。

不思議に思いリオ様が話を聞いてみると、年齢のことを考えてそろそろ店じまいをして娘のもとへ行こうということになったものの、子犬を連れて旅はできない。だからお別れを考えていたけれど、親犬との思い出もあり、中々踏ん切りがつかなかったのだと重たいため息をついていたそうだ。

それを無視できる彼ではなかった。

ソルと一緒に帰ってきた日、リオ様の心の中は腕の中の子犬以上に縮こまっていて、そのくせそんな事情は口にしないで、（エヴァさんは犬が好きだと言っていたけど、さすがに相談もなしにはまずかったよな。いやでもこいつも困ってたし、ひとまずうちに置いてもいいだろうか）と必死に頭の中をぐるぐるさせながら固まっていたので、笑ってしまった。

なので、教えてあげることにした。

「私、犬はとっても好きです。男の子ですか？　女の子ですか？」

私の言葉に彼は大きく目を見開いた。

それからぱあっとリオ様は表も裏も明るくなって、「オスだよ」と笑った。

いつもは無理をして眉を顰《ひそ》めている彼が、屈託もなく今までで一番の笑顔を向けてきたから、さすがにとてもくらっとした。

「わ、私、い、犬は、好きなんです……」

思わず再び呟《つぶや》いてしまった私のセリフに、リオ様は首を傾《かし》げていらっしゃったけれど、言葉を変えさせていただくなら、犬（リオ様）が好きなんです。

まだ子犬だったからか、ソルはリオ様の腕の中でお行儀よく待っていて、そっと下ろすと人懐っこい様子でこちらの周囲をくるくる回った。

真っ白でもふもふな、綿毛みたいなその子はとっても可愛くて、今では庭の端っこに立派な犬小屋が建っている。リオ様の手作りだ。彼の意外な特技だった。

名前をつけるのには苦労した。リオ様とともに考えたいくつかの候補はどれもピンとこなくて困りあぐねていたとき、私の首元から下げられたポプリ目がけてソルはぴょんと飛び跳ねた。

リオ様にもらったお花を塩に漬け込んだ大切なものだ。これはだめよと慌てて逃げても、どこまでもやってくる。ふんふん鼻を嬉しそうにひくつかせて、ぱふぱふ尻尾《しっぽ》まで揺れている。

どうやら、彼はこのポプリの匂《にお》いが大好きらしい。

そのとき綿毛のようなソルの体と、三ヶ月前、リオ様が私にとくださった真っ白な花が妙にかぶってちらついた。

ひょいと持ち上げて、ソルと名前を呼んでみると嬉しそうに返事をしてくれた。花の塩漬けが大好きだから、どうだろうと思ったのだ。ソルトとしてしまうと、とてもしょっぱそうだったので少しだけ省《はぶ》いてみた。

「ソル、ボールを持ってきて」

あれからしばらく経《た》って、初めは以前の飼い主を思い出してか、ときおり寂しげな顔を見せることもあったものの、今ではすっかり慣れてしまった。

私の声にソルは垂れた耳の代わりにもふもふの尻尾を忙しく動かし返事をして、慌ててこちらに戻ってきた。ボールをはみはみしているから、ぷきゅぷきゅ可愛い音が聞こえている。

ソルの首輪はマルロ様からの贈り物だ。私には塩をくれたから、リオ様へのお祝い品になるらしい。十ヶ月の法律を待っているリオ様からしてみれば複雑な心の声をしていたけれど、若草色の首輪はとてもソルに似合っていて可愛らしかった。素敵ですねと告げたところ、まあいいかとリオ様はソルに首輪をつけた。

するとまるでふわふわのぬいぐるみが動いているようで、二人して笑ってしまった。

嫁いでからすでに五ヶ月になるから、もう十ヶ月の半分を切っている。楽しい思い出ばかりが膨らんで、ふと悲しくなった。そうしているとソルが思いっきりこちらに駆け寄ってきて、私の上に飛び乗った。

（……あと、たったの半分）

「ふわっ⁉」

「エヴァさん⁉」

目の前が真っ白に覆われた。慌ててリオ様がソルを持ち上げた。

「だ、大丈夫か⁉」

「は、はい……」

ソルはなんの反省もなくへっへと舌を出して、リオ様に尻尾を振っている。

それから唸《うな》りながら前足をばたつかせるから、リオ様が困って彼を放すと、さらにソルは私の上に飛び乗った。目当てはポプリだ。最近はいつも首元から布の袋の中に入れて吊《つ》り下げている。

「だ、だめだめ！」

いつもの流れに必死で体を遠ざける。リオ様からもらった大事な花ということもあるけれど、塩は犬にはよくないはずだ。ソルに届かないようにと立ち上がると、彼はとっても悲しそうな顔をしていた。もとは花屋で飼われていた犬だから、お花の匂いが好きなのかもしれない。それも彼のもとの飼い主から買った花だ。

「本当にソルは鼻がいいわね……犬にもギフトなんてあるんですか？」

「ど、どうかな。聞いたことはないけどな？」

後半はリオ様に問いかけてみると、彼は苦笑しながら首を傾げた。どれだけ隠してもわかるのだから困ってしまう。もう、とふわふわの体を掴《つか》んで持ち上げた。

わふわふと嬉しげに尻尾を振っているけど、この子の声は聞こえない。当たり前だ。幼い頃《ころ》に飼っていたジョンだってそうだった。ソルよりも大きな体で、立派な、リオ様みたいな毛並みをした犬だった。小さな頃は彼が私の遊び相手だった。

——動物の心の声は聞こえない。

なんで忘れていたんだろう。いつもジョンといるとほっとした。ときおり一緒に屋敷を抜け出して、お父様に怒られた。

（あれ……？）

「エヴァさん？」

「あ、いえ、はい！」

「どうかしたのかい？」

ソルを抱きしめたままぴたりと動きを止めてしまったから、リオ様の心配そうな声が心の中から漏れている。なんでもありませんと慌てて首を振った。それからもう一度ソルの柔らかい毛をほっぺたで味わった。ふと何か大事なことを忘れているような、そんな気がした。

でもそれもただの気のせいかもしれない。きっと、そうに違いない。

「ソル、いい？　今日はとっても大事な日なの。わかってる？」

「わふっ」

「大丈夫。わかってる。声は聞こえないけどそう言ってる。それじゃあ行くわよ！」

「わっふわふ」

ソルの首輪に紐《ひも》の先端を結んだ。ぴゃっと白い体を喜ばせて、あんなにも私が戸惑っていた屋敷の門をひょいと飛び跳ねながらくぐり抜ける。

「待って、待って、待ってえー!!」

背中ではきらきらのオレンジの木がこちらを見守っている。

小さな足の裏で地面を蹴《け》り飛ばし、ソルは嬉しげに尻尾を振るものだから、ピンクのお尻《しり》の穴がふんすとこちらを向いている。ひゃっと視線をそらした。でも可愛い。

「う、嬉しいのね。わかった。わかってるから！　すごい、聞こえなくっても気持ちってわかるものね……!?」

ギフトが使えない相手との対話でも仕草でわかるものだと知ると、なんだかとっても新鮮だった。

私のスカートがひっくり返って、片手に持っているカゴまでどこかに飛んでいきそうだ。

冷たい風から暖かい風に少しずつ変わってくる。

丸裸の街路樹が、ちらほらと小さな芽を抱え込み始めた。きっとお散歩日和《びより》だ。

「初めての、外でのお散歩だものね……!!　とっても嬉しいのよね……!?」

ソルが家に来てからというもの、気づけばもう一ヶ月。

短い期間だったけれど、子犬にしてみれば大きな時間だ。きっとどんどん大きくなるに違いない、とリオ様と共に見守っていたところ、特に変化のない体でぷきゅぷきゅボールをはみはみしていた。

もしかしてあなたは小さい犬種なの？　と屈《かが》んで聞いてみたところ、やっぱり声は聞こえなくて、代わりとばかりに、えいやあと首元のポプリに飛びつかれた。

(いいなあ!!)

背後から聞こえた声が、一瞬聞き間違いかと振り返るとリオ様が真面目《まじめ》な顔つきで私を見ていた。それからそそくさと消えていったので、それ以上の声は聞こえなかったのだけど、そんなにソルと仲良くしたいのだろうか。

小さな犬だから散歩は必要ないらしいけど、それでもやっぱりあくまでもという話だ。外に出て思いっきり走り回りたいという気持ちもあるんじゃないかしら、とふわふわの体をなでながら決意して、私自身の準備の時間を含めると一月が必要だった。

もとは花屋で飼われていたから初めての散歩というと間違いだけど、私にとっては初めてなので、そういう心構えで拳《こぶし》を握りしめた。

この一月、訓練に訓練を重ねた。

すでにどもりつつも買い物をすることができるレベルにまで達している。

ならばあとは犬にはたまらない散歩コースの開拓だ、とできた道筋をソルに伝えた。へっへと舌を出していた。当たり前だ。通じるわけない。そうして目的とは違う道を現在は疾走している。こうなるような気がしていた。

一応リオ様には周囲の店で買い物をしていることと、今回の計画は伝えている。彼はびっくりして瞬いて、それから慌てて今までの分として、少ないだろうけどと言いながら食費を握らせてくれた。

でも私だってカルトロールからいくらかのお金を持ってきていたから、そんなのいりませんと突き返すと、怒ったような声で渡された。

『家の管理の金は俺が払うべきだから、君が出すべきものじゃない』

そのとき、ああよかったと安堵《あんど》する声と、心配するような二つのくちゃりとした声が聞こえた。

私が家にこもりきりで、自由にできないのではないかと心配していたようだ。

でもあんまり外に出ることも不安で、もしエヴァさんに何かあったらと考えて、そんなことを言うにも、俺はただの他人だし、いや夫ではあるんだけどと頭の中で唸っていた。

彼の心配性が少しだけ嬉しかった。私をただのエヴァとして心配してくれている。くすぐったいような恥ずかしいような気持ちで、伝えてもおかしくないような、そんな言葉を必死で探した。

『近くに、行くだけですから』

これくらいならきっと不自然ではない。買い物や、散歩に行くけど遠出はしない。その後には予定もあるのだ。よし普通だ。大丈夫と自分の中で確認し直してそっと彼を見上げると、リオ様は困っていた。

自分の気持ちを言葉にすることを困って、考えあぐねて、そっと私の手を握った。大きな手のひらだった。

『危ないところには、行っちゃいけないよ』

まるで家族みたいだった。

必死に頷《うなず》いて約束した。なんであんなに優しい人なんだろう。本当に心の底までぶっきらぼうで、冷たい人だったなら、きっと私も安らかな気持ちでいることができたのに。

なんて考えている場合ではない。

「ソル、ちょっと、ま、待ってー!!　リオ様との約束が！」

遠いところには行かないと誓ったばかりなのに、早々に約束破りになってしまう。

小さな犬のくせに、ぎゅんぎゅん目当ての場所に走っていく。こちらも走らなければ、彼の首輪が引っ張られてしまうと必死に合わせた。

それがよくなかった。意外なことに自身の健脚が憎い。どんどん見知らぬ場所まで駆け抜けていってしまう。

「そーるー!!」

悲鳴を上げているときだ。

（エヴァ夫人、なにしてんの？）

聞き覚えのある声が、耳をかすめた。

「ま、ままま、マルロさまーーーーー！」

思いっきり叫んだ。

どこにいるのかまったくもってわからなかったが、声が聞こえたということは間違いなく周囲にいるはず。

「ソルを止めてくださーい!!」

とりあえず現状を短く告げると、「ま、まかされた!?」とどこからともなくマルロ様が飛び出した。

想像以上の身のこなしで、さらりとソルを抱き上げると小脇《こわき》に抱えてこっちを仁王立ちして見ている。ソルの首輪からぷらりと垂れた紐が私の手に続いている。

はっはっはっは。

ソルはとても嬉しげに舌を出して、四本の足をばたつかせているけれど、悲しいことに足が短く地面につかない。可哀想《かわいそう》に。

白いもふもふを受け取りながら、ありがとうございますと頭を下げると、どういたしましてと明るい顔でマルロ様は笑った。相変わらず、とっても楽しそうな、ぴかぴかとした笑みだった。

広場の噴水の中では、子ども達が楽しげに遊び回っている。私とマルロ様はその端に座って、ゆったりと会話を重ねた。

「僕がいるってよくわかったね。全然目が合わないから気づかないものだと思ってたよ」

感心したようなマルロ様の言葉に、にっこりと笑ってごまかした。

本当はまったくもってわからなかった。私とマルロ様は、互いにお久しぶりですと頭を下げた。最後にマルロ様にお会いしたのは、ヴァシュランマーチの少し前、塩を贈ってくださったときだ。

足元ではソルがころころと駆け回ってはいるもののさすがに反省をしたのか、ときおりちらりとこちらを窺《うかが》いながらお尻を振っている。

「マルロ様は一体どうしてここに？　お仕事ですか？」

ソルの鼻先で指先を回しながら、問いかけた。

一瞬、マルロ様は表情を硬くした。しまったと思ったときにはもう遅い。本来なら隠すべきであることが、彼の思考と共に流れ込んでくる。

「ああ、まあ……」

彼が言葉を濁した理由がわかる。近頃、事件とは呼べないまでも少々ぞっとする出来事があるらしい。なんでもそこかしこに、血が撒《ま》き散らされているということだった。

かなり以前から、たちの悪いいたずらとして騎士団に報告されていたものの、ヴァシュランマーチが終わってからはそれがさらに顕著になって、とうとうマルロ様が調査のために駆り出されることとなったのだと。

先ほど、店の路地裏にて大量に血痕《けっこん》を発見し辟易《へきえき》したそうだ。真っ赤なワインは好きだが、覚えのある臭《にお》いが広がり鼻が曲がった、と彼は考えていた。

それから不思議にも思った。本当にただの痕跡《こんせき》もなく壁やら地面にぬりたくっているだけだ。店の人間が掃除が面倒だと悲鳴を上げていること以外に被害は出ていないが、それも今だけの話なのかもしれない。

だから、いつまた何があるかわからない――という内容をマルロ様は頭の中で噛み砕き、「ちょっと危ないかもしれないから、日が沈む前に帰った方がいいかもね」とオブラートに包み込んだ。

いたずらに不安を煽《あお》りたくはないという彼の思いやりすらも暴く自分のギフトが嫌になるけれど、

今更だ。

「わかりました。お買い物をして帰るつもりだったのですが、遠くまで来てしまいましたから諦めることにします」

「そうした方がいい」

相変わらずソルはくるくると自分の尻尾を追いかけて、まるでドーナツのようになってしまっている。

目前には小高い丘があった。その上にはおせっかいでおかしな王様が、ぴしりとどこかを指差していて男前な顔つきだ。かっこいいといえばかっこいいけど、私はリオ様の方がずっと素敵だと思うな、なんて自然に考えていた自分のほっぺを思いっきり叩いてしまいたくなった。

ヴァシュランマーチであんなに時間をかけて練り歩いた距離を、いつの間にやら駆け抜けてしまっていた。リオ様に約束したというのにすっかりだ。

ため息が出た。ソルは私の気持ちを知ってか知らずか、尻尾の追いかけっこは終了したらしく、かしかしとスカートの裾《すそ》を引っかいている。ゆっくりと抱き上げた。

マルロ様にお会いしたときに、伝えねばと思っていたことを思い出した。

「そうでした、マルロ様、リオ様からソルの首輪をいただいたと聞きました。ありがとうございます、とっても可愛らしいです」

「そう？　会ったことはなかったけど、白い犬って聞いていたから。よかった。ちゃんと似合ってるね」

こしこし、とソルの首元を引っかくと、くすぐったそうにソルが身じろぎする。

「ちゃんとオーダーメイドにしたから、安心してね」

「あ、安心って……」

つまりとっても高いのでは、と一瞬の彼の思考を読み取り、そっと聞こえなかったフリをした。なるべく丁寧に扱おう。

「そうだ、お礼と言ってはなんですけど」

カゴの中には、ヴァシュランマーチで作ってからというもの、いつの間にか趣味のようになってしまった手作りクッキーが詰められた袋がある。高いオレンジの木になった実をリオ様と一緒に手を伸ばしてとったものだ。

「よければお一ついかがですか」

マルロ様にお渡しした後に、しまった、と思った。頭の中の声から、彼のギフトについての苦悩が聞こえる。あんまり食べることは得意ではないらしい。

引っ込めることもできないでいると、「いただくよ、ありがとう」と言ってゆっくりと彼は片手を差し出してくれた。少しだけ安心した。

今日はシャルロッテさんがいらっしゃる日だから、もともと近所を散歩して買い物をして、さっさと帰ろうと思っていたのだ。

「ごめんなさい、マルロ様。そろそろ失礼いたします」

「ああ、もちろん。また今度」

お茶でも楽しもう、と緩く手を振っている。

地面に下ろしたソルも私を倣《なら》って、挨拶《あいさつ》をするように可愛らしく鼻を鳴らしたから、屈んでその頭をなでたときだ。「ねえ、エヴァ夫人」と、マルロ様は優しく笑った。

「ヴァシュランマーチは、楽しめたかな？」

彼が、マーチのことを教えてくれた。リオ様と、瓶の中で小さな星のように輝いて道を照らしていた石達を思い出した。

「ええ、とっても」

自然と嬉しくなって、笑みがこぼれた。

ああよかった。心の中でそう告げる彼は、やっぱりいい人だ。

私はマルロ様と別れて、ソルと一緒に帰り道を歩いた。送ってくださるという言葉に、さすがにお仕事中は申し訳ないと断り、今度こそはとソルの紐をしっかりと引っ張った。逃がすまいぞ。

子犬のくせに賢いこの子は仕方がないと鼻を鳴らして、短い足を大げさに開きながら、ふんふんと進んでいく。帰り道はバッチリらしい。

くすりと笑いを落としたとき、奇妙な声が耳についた。とても微《かす》かで消えてしまいそうな、眠りに落ちていくような声だ。不思議に感じて何の気なしに視線を動かした。

家と家のわずかな隙間。真っ暗な中で、かしゃりと、音が聞こえた。鉄がこすれるような音だ。誰かが何かを落としてしまったのだろうか。人がいるにしても、少し遠くてわからない。

瞬きを繰り返して、そっと近づく。ごろりと何かが落ちていた。

人の腕だ。

ひゃっと体を飛び跳ねさせたところで本当に腕が落ちているわけではなく、人が転がっているだけなことに気がついた。先ほどの声はこの人のものだったんだろうか。

よくよく見ると、それは知っている人だった。こんな昼間にこの人が、まさか酔っぱらったわけでもないだろう。声をかけようとしたとき、ぬるぬるとした何かが足元を濡《ぬ》らしていく。

「え……」

血だ。

ぞっとした声が聞こえて、振り返った。男がいた。

それはひどく、鼻が曲がった男だった。

***

「やあリオ、こんなところで会うなんて珍しいね！」

爽《さわ》やかな笑顔とともにマルロが腰に手を当てながらこちらに声をかけてくる。

初めに思ったことは、怪しいな、というところだ。

彼は平素はふらふらと街を歩いているか、王宮に詰めている。騎士学校を卒業したものの、形ばかりで訓練場に来ることもない。肩にかけた黒いコートがはたはたと風に揺れていた。

「いや珍しいというか……」

お前がいるのは珍しいというか。

丁度休憩の合間だ。すまない、と相手をしていた後輩に声をかけて、なんの用かと近づいた。

「おっと手が滑った！」

見覚えのある可愛らしいリボンがついた小袋を、マルロは片手を高く掲げて落っことした。と思えば反対の手で受け取る。

「いやあ、いやあ！　大事なものだというのに、危ないところだった！」

恐らく俺は冷たい瞳《め》で見つめていた。

「……何がしたいんだ？」

「おっと、これに気がついてしまったかな？　しまったなあ」

「まともな会話を願いたいんだが」

棒読みも大概にしろ。

「いやあ、なんとも！」

マルロは大仰な動きをして、クッキーを片手で掴んだまま空を仰ぎ見た。

「このクッキー、口にした瞬間にわかったよ。材料は君の家に生《な》ったオレンジで、料理人は君の奥様だが恐らく君も手伝ったんだろう。二人分の味がする。僕はご存知の通り食には興味がない。しかしあくせくと二人で作った味わい深いクッキーだ。そのときどんな会話をしていたのかはわからないが、オレンジのごとく甘酸っぱい会話の一つもしたのだろうと、そう想像すると――」

バッと両手を広げる。

「食べるのなら君の目の前でサクサクするしかないだろうと思ったんだ！」

「さっさと休憩は終わらせることにするか。ん？　剣が刃《は》こぼれしているな。新しいものに換えた方がいいか。ああ、場所はわかるか？　そうだ、倉庫に予備がある。悪いな」

「まったくもって聞いていないね!?」

ちょっとはこっちを向いてくれ！　と叫ぶマルロを無視して後輩に指示を飛ばす。相手にすればつけ上がることはわかっている。たまにマルロはこうした面倒な絡み方をしてくるのだ。

エヴァさんは今日はソルと散歩をすると言っていた。恐らくそのときにでも彼女に出会ったのだろう。

（こちらは家に帰るまで、まだまだ時間があるってのに、腹が立つとか羨《うらや》ましいとか、そんなことは一切考えてはいないぞ）

もちろん、本当に、一切。なぜなら家に帰ればエヴァさんに会うことができる。彼女のおかえりなさいの声を思い出して、体の奥がへにゃりとした。

しかしそんな場合ではないと気持ちを引き締めて、再度マルロに振り返った。

「まさかお前、そんなことを言いにわざわざ来たのか？」

「そんなこととは。僕にとっては君達がうまくいっているという事実が判明して衝撃的だったのに、教えてくれないなんて友達がいのないやつだ……ということもあるが、もちろんそれだけじゃないぞ」

マルロは件《くだん》の流血事件について調べているらしい。

流血とはいっても怪我《けが》人がいるわけではなく、汚された周囲の住民達の不満が高まっている状態だ。しかし犯人の行動も少しずつ過激になってきている。嫌な予感がした。

「そちらの団長からの依頼だからな。話を通してくれると助かる」

「なるほどな、それならさっさと行くとするか」

しかしクッキーの件もできれば早々に伝えたくてやってきたに違いない。器用なくせに、不器用な男だ。苦笑のようなため息をついたとき、「リオ、小さなお客様だぞ」と、声をかけられた。

マルロではない。入り口を警備している騎士の一人だ。隣には小さな影がついていて、金髪のツインテールとふりふりのドレスがあまりにも周囲と不釣り合いだ。

「シャルロッテ殿？」

彼女は白い毛玉、ではなく、ソルを抱えている。ドレスが汚れないようにとくるりと布でくるまれはしているが、どうにもいづらそうにじたばたと暴れていた。

「一体これは……」

ソルはエヴァさんと散歩に行っているはずだ。

周囲から随分幼い妹だなと揶揄《やゆ》が入って、シャルロッテ殿が騎士団御用達《ごようたし》の配達屋だと知るもの達は苦笑を浮かべている様子だが、そんなことはどうでもいい。

いつもは勝ち気に八重歯を見せている彼女であったが、このときばかりは困惑した様子だった。

「その、リオ様、お仕事中に大変申し訳ございませんが、わたくし、少し不安に思ってしまいまして」

しゅんと頭《こうべ》を垂らしている。

「ソル、一体どうしたんだ。シャルロッテ殿、何かあったのですか」

「やはりこの子はリオ様方のご自宅で飼われていた子ですのね。わたくし、本日はエヴァ様とお菓子を作るお約束をしていましたの」

「はい。それは聞いています」

今日の予定をいつからか彼女が可愛らしく話してくれるようになった。

ソルとお散歩デビューをしてお買い物も一緒に終わらせて、シャルロッテさんとおいしいお菓子をつくりますねと両手でカップを握りしめる彼女を思い出すと、温かい気持ちになる。シャルロッテ殿が来てくださると、エヴァさんはいつも嬉しそうだからとてもありがたい。

それがどうしたのだろう、と思いながらも、理解した。

「エヴァさんが、いない、のですか？」

　まさかそんな。

「お？　エヴァ夫人だったら、ここに来る前に出会ったけどな。そこのワンコくんが逃亡していて、困ってたよ。さては同じパターンだな」

「でしたら今頃エヴァ様は……ってあなた！　あなたもここにいるんですの⁉」

「う、唸らないでくれよ……」

　シャルロッテ殿は俺の背中に隠れていたマルロにやっとこさ気がついたのだろう。

　驚いたソルがシャルロッテ殿の腕から飛び出した。マルロとシャルロッテ殿、二人が犬猿の仲であることは知っている。なんといっても、食に興味のない男と料理にプライドを持っている配達屋の組み合わせなのだから仕方がない。

「リオ様のご友人とは聞いていましたが、ここで会ったが百年目、ですわ！　今日こそボコボコにしてさしあげましてよ！」

「なんだよその百年目って！　聞いたこともない言い回しだぞ。いいよいいよ、どんなものを出されたところで僕は食事に興味がないんだ、勘弁してくれ」

「ただの世代格差の言葉ですわ！　このひよっこちゃまめ！　アヒィと叫ばせてさしあげます！」

「なんで僕がアヒルみたいに叫ばなきゃならないんだ！」

　喧々《けんけん》している。

足元では、へっへとソルが舌を出してこちらを見上げている。

「ソル、お前、本当に逃げ出したのか？」

元気があり余っていることは十分に理解している。だからありえる話だが、違和感があった。

くるくるした瞳は何かを言いたげのようにも見えるが難しい。エヴァさんなら俺よりもソルの言葉がわかるだろうに。

今頃エヴァさんは困って街を彷徨《さまよ》っているのだろうか。それならば屋敷にはいないとシャルロッテ殿はおっしゃっていたが、一度見に行ってもいいかもしれない。

……なぜだか胸の奥がざわざわする。一度団長に声をかけて午後の休暇をもらおう、と真っ白なソルの体を抱きかかえると、ぽろりと硬い何かが落ちた。

薄いピンクの粒で、つやつやしている。

「マルロ」

「なんだいリオ。アヒイ、アヒイ！　ほうら、これでいいかよ満足かよ、ふっご⁉」

思いっきりマルロの口につっこんだ。

「な、おま、一体、ぺっぺっ、なんだこりゃ」

「ソルの体についていた」

「い、犬の体についていたものだと……⁉」

お前一体なんというものを、と顔を引くつかせるマルロをずいと見下ろした。

「今のものはなんだった。お前ならわかるだろう」

マルロのギフトは、食べ物だと認識したものならなんでもわかる。それこそ、どこで作られたものなのかということまで。

「塩だよ。それに……これは、あれだな。エヴァ夫人に渡したものと同じだな。あとは花の味がする」

そこまで言ってマルロも眉をひそめた。こいつも知っているのだろう。シャルロッテ殿が不思議そうに首を傾げていたが、それどころではない。

エヴァさんは俺が渡した花を塩に漬け込みポプリにして、首元からぶら下げている。よく見ると、ソルの体にはちらほらと塩が落ちていた。

つまりそのポプリの袋が破れて、ソルの上にこぼれ落ちてしまうような何かがあった。

「エヴァさんに何があったんだ。お前も一緒にいたんだろう」

通じているのか、いないのか。賢い犬だと思ってはいたが、さすがに難しいことはわかっている。

しかし聞かずにはいられなかった。

「リオ、さすがに無理だよ。何があったにせよ、まだそれほど時間も経っていないはずだ。街中虱潰《しらみつぶ》しに捜せばなんとかなる」

マルロの言葉の通りだろう。しかしひどく胸がざわついた。どくどくと心臓が嫌な音を立てている。

ソルは言われた俺の言葉に、まるでぱっちりと瞬きをするように反応した。じたばたするものだから地面に下ろしてやると、ついてこいとばかりにこちらをちらりと振り返る。むちむちと尻を振った。まるまるとしたもふもふの尻尾を揺らしつつも、一歩、二歩と進んでいく。

「ま、まさかそんな……」

シャルロッテ殿が、小さな手のひらを口元に当てて驚いている。

幼い犬の可能性を、俺達三人は目撃した。しかし三歩目を繰り出したところで、なんだったかな、とでも言いたげにころりと地面に転がった。体中に砂をつけて遊んで回ってじたばたと喜んでいる。

「…………」

「…………」

「…………」

無言が重なった。

すっかりと砂だらけになってしまった白い綿毛を見下ろした。

「所詮《しょせん》は、犬ですわ……!!　アヒルよりはマシかとは思いますがッ！」

「なにそれ僕のこと言ってんの」

こちとら人間ですけど、と互いに額を突きつけ合う形で睨《にら》み合っている場合ではない。

「違う、待て、そうか」

ソルはとにかく、鼻が利く犬であることは知っていた。体中につけた塩は、きっとここに来るまでにぼろぼろ落としてしまっていたに決まっている。訓練場と自宅とはそれほど距離があるわけではないし、シャルロッテ殿はソルを布にくるんでいた。きっと少しずつこぼしていったのだろう。

「塩だ」

ソルはひどく、塩が好きな犬だった。花屋で飼われていた犬だから、花の匂いにもことさら反応する。慌てて地面に落ちた、いく粒かの塩を拾う。

「ソル、この塩の匂いならわかるか。匂いのもとに彼女がいる。そこまで、俺を連れていってくれ！」

エヴァさんのもとに連れていってくれと言うから駄目なのだ。

ソルは垂れた耳を、ぴんっと持ち上げた。

「いやそんな、リオ、ちょっと待て！」

素早く駆けるソルの後を追った。せめて他《ほか》の人間にも声をかけてからだろう、と背後で焦るマルロに向かって、勝手に口が叫んでいた。

「待ってなんていられるわけがないだろう！　さっさと、お前もついてこい！」

＊＊＊

時間は少し遡《さかのぼ》る。

ソルとの散歩の帰りに路地裏でおかしな声が聞こえたと思い振り返ると、見知らぬ男が立っていた。

比喩《ひゆ》でなく、彼はひどく鼻が曲がっていた。正直少しばかり驚いて、失礼なことにも飛び上がってしまったかもしれない。慌てて口元を押さえた。

生まれつきというよりは、つい最近怪我でもしたのだろうか。顔にはぐるぐると痛々しく包帯が巻かれている。

「…………」

私は奇妙な沈黙に、後ずさった。それから足元にこつりと当たった衝撃に混乱したまま視線を下げた。倒れているこの人はリオ様の同僚だ。ヴァシュランマーチの際に、わざわざ伝言を届けに来てくれた男性である。

鎧《よろい》がべっとりと血で汚れていた。恐らく、彼自身の血なのだろう。

「あの、この方、怪我をしているようですので、早く、騎士団に――」

伝えたところで、目の前に立つ男がナイフを持っていることに気がついた。べっとりと血で汚れている。長く、息を吐き出した。

この男が誰かはわからないが、リオ様の同僚に手をかけた。ごちゃごちゃとした思考は読み取りづらく言葉にもなっていない。

恐怖とともに、何かふつふつと奇妙な気持ちが湧《わ》き上がった。そうだ。ナイフだ。私はあのナイフが怖い。昔から。

首を振った。今はそんなことはどうだっていい。逃げなければ。でも逃げ道はすっかり男に閉ざされている。表の道からの明かりが、ぼんやりとこちらに筋を作っていた。

逃げればその分、男が近づく。どうしようと指先が震えた瞬間、「きゃうんっ！」と、ソルが叫んだ。短い犬歯を必死にむき出しにし、鼻に筋を作りながら叫んでいる。

（――犬）

声が聞こえた。男の声だ。彼はひどく、ソルに執着していた。わかる、あれはいけない。

「逃げなさい！」

ソルの首輪につながる紐を投げ捨てた。

その瞬間、男はナイフを振りかぶった。私の首筋をかすめて、破けた布に入っていたポプリの花が辺りに散らばる。きゃう、とソルが丸い体を驚かせた。

「いいから、逃げなさい！」

お尻を引っ叩いた。ぱふっと柔らかいお尻を跳ね上がらせて、ソルは男の足元を縫うように消えていく。ほっとした。私では無理でも、ソルなら通り抜けられると思ったのだ。

「あ、う、あ！」

そんなソルに驚いて、男はぴょこんと飛び上がった。すっ転んで、頭を打ったらしく呻《うめ》いている。

なんともマヌケな姿だ。慌ててナイフを取り上げた。包丁よりもなによりも、こんな小さなナイフの方がずっと怖い。それでも今がチャンスに違いない。

「あの、あなた、大丈夫ですか！」

揺さぶっていいのかどうかもわからなくって、倒れている青年に必死に声をかけた。短く呻く声が聞こえる。よかった。

「肩を貸しますから、一緒に」

逃げましょう、と伝える前に、背後からゴツゴツとした手のひらがぬっと伸びた。その手のひらにも、真っ赤な血がついている。

「ひぐっ……！」

悲鳴を上げる前に首元を押さえつけられた。じわじわと彼の思考が流れ込む。より強烈に、ダイレクトに。息が苦しい。これは賢い行いではなかった、と後悔した。

大声で悲鳴を上げて、誰かの助けを呼んだらよかった。それとも騎士を見捨てて逃げればよかったのか。

幼い頃から何も変わらない。だから外に出ることが怖かった。嫌だった。からりと響く音は、私の手からナイフが滑り落ちる音だ。

——お父様は、引きこもる私に、外に出るようにと強要することは一度もなかった。

不思議に思っていたことだ。昔はちゃんと覚えていたのに。

——あなたの分のナイフがないようだが。一つ、二つくらいの予備は置いている。

——ひえっ、大丈夫です、私はあまりナイフが得意ではありませんから……！

初めて朝食を食べたとき、リオ様は不審そうに私を見ていた。

私はいつも、フォークだけを使っていた。

――あら、立派な包丁が！　これは奥様のものですの？　以前はありませんでしたから。

――あ、はい。ナイフはなんだか怖くて持てないので、それならなんとか。

――普通反対ではありません⁉

シャルロッテさんが、そう驚いていた。小さなナイフが怖くて、いつも見ないふりをしていた。

真っ黒な夢を見た。

誰も彼もが、私を遠巻きで見ている。からん、とナイフが落っこちる音がする。怖くて、泣きながら目が覚めることはいつものことだ。

ジョンと一緒にいることが好きだった。人間以外の心の声は聞こえない。だからほっとして、彼の大きくって硬い毛皮に顔をうずめて笑っていた。小さな頃はお屋敷を抜け出していた。そんなことすらも、私の中から消えていた。

本当に、なんで忘れていたんだろう。

考えるまでもなかった。私が弱かったからだ。

あのとき私は鼻水を垂らして、必死で逃げて、布団の中に隠れた。どうしようもなく怖かった。人が恐ろしいことを知った。幼かったという言葉はただの言い訳だ。

「けほっ」

だんだんと、息が苦しくなる。薄暗くなる視界の中で男の感情をたどっていく。ああ、そうだ、間違いない。

この男は、皮剥男《かわはぎ》だ。

＊＊＊

皮を剥《は》ぐことを生業《なりわい》にして生きるものがいる。

それは狩猟《しゅりょう》をするものだったり、肉屋だったり。獣の皮を剥いでつるっぱげにして、おいしくいただく。人々の生活に欠かせない職業だ。

そうした職業は、昔は皮を上手に剥ぐことができるギフトを持ったものが就くことが多かったらしいけれど、今ではギフトを持っているのは貴族ばかりで、平民からしてみればそんなギフトを持っているやつもいたんだっけか、というような認識だ。

少年はいつも何やら不思議な違和感があった。

ナイフを見るとむずむずする。母親が料理のために使っている様を見る度に、ああそうじゃない、こうじゃないと胸を引っかかれるような奇妙な痒《かゆ》さがあった。

あるとき母親は少年があまりにも物ほしそうに彼女の手元を見つめていたから、小さなナイフを貸してやった。それからりんごを握らせた。そんなに使いたいんなら、綺麗に切って皿の上に並べときな。そう告げて振り返ったとき、少年は見事な手つきでくるくるとりんごの皮を剥いでいた。

あんた、まあ上手《じょうず》だねえ！　と母親は手放しで褒めてやったが、少年はどうにもピンとこなかった。近いような、遠いようなわけもわからない気持ち悪さが体を襲った。

それから今度は少年に魚をさばかせてみると、あまりにも綺麗に魚の皮だけを剥ぐものだから、彼のギフトが生き物の皮を剥ぐことなのだと家族中が知り、みんな落胆した。

なぜなら少年の家は狩猟をしているわけではなく、肉屋でもなく、ただの雑貨屋だったからだ。どうせ平民には珍しいギフトを持っているんだったら、計算のギフトだとか話術だとか、仕事に役立つものならよかったのにとため息をつかれてしまったが、彼はすぐに皮を剥ぐことに夢中になった。来る日も来る日も肉屋の前でじっと店主の手つきを眺めて真似《まね》して、果物《くだもの》の皮を剥いでと部屋の端で奇妙な作業を繰り返しているうちに、家族の中ではやっかいものになっていて、街に出ても気持ち悪いやつだと因縁をつけられるようになった。ときには殴られたこともある。殴られすぎた鼻は、すっかりと折れ曲がっていた。

少年は成長して大人《おとな》になった。

でもいつも何か足りないような、気持ちの悪さを感じていた。

そんなとき、目の前を犬が横切った。

ナイフはいつも懐に忍ばせていた。気づいたら皮を剥いでいた。楽しかった。幸せだった。

あくる日には猫を見つめて、鳥を見つめて、全部皮を引っ剥がした。初めての生き物でもあんまりにも上手に剥ぐことができたから自分でも驚いた。さすが神様からいただいたギフトなのだと思った。

俺は皮を剥ぐために生きていた。

今日はどんな皮を剥ごう。明日はどうやって皮を剥ごう。考えるだけで楽しかった。

へらへらと街を歩いていたら、綺麗な黒髪をした少女が真っ青な瞳を見開いて、犬にすがって震えていた。

可愛らしい服を着ていたから、きっといいところのお嬢さんだ。

近くには大人もいない。腹が立ったからナイフをちらつかせて脅してやった。それから子どもを蹴り飛ばした。悲鳴を上げて、ぼろぼろと涙をこぼしている姿を見ると楽しくって笑っていたら、でかい犬に噛みつかれた。だから皮を剥いでやった。

上手に上手に剥いでやった。

なあ嬢ちゃん。これは俺のギフトなんだ。神様からもらったギフトなんだ。

だから、使わなきゃ失礼だろう？

＊＊＊

気づくと、涙をこぼしていた。腕を縛られて、どこぞに寝転ばされている。

頬が冷たく、硬い床の上だ。ざらざらとした床はあまり掃除が行き届いていなくて、窓は乱雑に幾枚かの板を打ち付けられて塞《ふさ》がれていた。微かに漏れた明かりと体の具合で、あまり時間が経ってはいないことが確認できた。

ジョンは死んだ。

私を守って死んだ。いつもは声が聞こえないはずなのに、あの恐ろしい大人に噛みついて、ジョンは逃げろと唸って、叫んでいた。

必死で逃げて、誰に言えばいいのかもわからなくて、恐ろしくて毛布をかぶって震えていた。

屋敷には一本のナイフが届いた。男は私の服を見て貴族だとわかっていたのだ。ナイフを触った瞬間、全《すべ》てを理解した。私をかばった彼の最期を理解して、意識を失った。そうしてジョンが死んだことは、気づけば屋敷の誰もが知っていた。

しばらくすると、皮剥男と呼ばれる青年が捕まったのだとメイド達が噂《うわさ》していた。

その後、男がどうなったのかは知らない。でも何をするにも指先が震えて、人前では体を動かすことすらままならなかった。

私はギフトを持っているから何か悪いことがあっても大丈夫だと、幼い頃は本気でそう考えていた。だから安心してジョンを連れて、街中を冒険していた。ギフトを恐ろしいことに使う人がいるだなんて、考えもしなかった。

次第に周囲が怖くて誰に会うこともできなくなっていたときに、お父様が離れに住むことを許可してくれた。弱い私はこれ幸いにと逃げ出し小屋の周りには柵《さく》を立てて、誰も近づかないように、何もかも忘れるようにと必死に努《つと》めた。それが十年近く昔のことだ。

（ひどい話だ……）

何もかも逃げ出してしまえばいいだなんて、なんて平和な頭をしていたんだろう。

自分自身を殴ってやりたくなった。でも両手を縛られている今、できることは情けなく地面に額を押し付けることぐらいだ。

路地裏で出会った包帯を顔にぐるぐる巻きにしていた男も、幼い頃に出会った男と同じような生き方をたどっていたらしい。

マルロ様が追っていた事件の犯人も彼だ。

色々なところから小型の動物を盗んでは罪を重ねた。皮と中身に興味はあるけれど、流れた血はどうでもよかったから、その場に捨てた。求めるものがどんどん大きくなっていった。

けほり、と息を吐き出した。喉が苦しい。

私のことを最後まで絞め殺さなかったのは皮を剥ぐため。人間の皮を剥いでみたいと、ずっとそう思っていた。

瞳をつむって深く呼吸を繰り返した。落ち着け。私と同じく、縛られ、動くこともできずに苦しんでいる男性はヴァシュランマーチで、リオ様の伝言を届けてくれたリオ様の同僚だ。

声をかけてみると、わずかに唇が動いた。言葉は話せないようだが、思考はしっかりしているから事情は呑み込めた。

リオ様がマーチに遅れた原因の乱闘騒ぎの被害者は皮剥男で、あまりにも一方的に殴られていたものだから、念のためしばらく騎士団で巡回を行っていたのだ。

今は倒れてまともに動くことができないこの男性がマーチのとき伝言役になってくれたのは、リオ様の屋敷の比較的近くに住んでいたからで、今回の場所もそうだった。

だから帰宅ついでに顔を出すようにと言われていて、皮剥男は相変わらずもごもごしていたけれど、元気なようならよかったと背中を向けたときに襲われた。気を抜いていた、とひどく彼は悔いている。

そして申し訳ないと。

「気にしないでください、大丈夫ですから」

座り込みながら言葉をかけることが精一杯だった。それから彼の真っ赤に染まる指先や腕を見た。目をそむけたくなるような光景だった。彼の鎧は周囲に乱雑に置かれていて、これから丁寧に処置を行うための準備であると考えると恐ろしかった。

傷がひどく痛むのだろう。私には聞かすまいと口は必死に閉ざしているものの、心の中では呻くような声で溢《あふ》れている。

「本当に、大丈夫ですから、ね」

こんな言葉に意味があるのだろうか。

不安に思っていたけれど、彼の中の何かが、わずかに安らいだことに気づいてほっとした。

（ソルは大丈夫なのかしら……）

皮剥男は犬に対して異常なほどの興味を向けていた。

なぜなら彼が最初に皮を剥いだ生き物は犬だから。犬を見るとうずうずして、たまらなくって、私が逃がさなければ、きっと大変なことになっていた。

屋敷まで逃げてどうにか助けを呼んでくれたらいいのだけれど、そんなにうまくいくわけがない。周辺には人の声も気配もない。逃げ出そうと立ち上がって扉に体当たりをしたところで、わずかにきしむ音がするくらいだ。せめて後ろ手に組まされたロープだけでもほどこうと両手をもぞつかせていたとき、足音が聞こえた。

助けではないことは声を聞けばわかる。

男はわくわくしながら、ナイフを片手に持っているらしい。

扉が開いた。持っていたナイフはすべりがよくなるように綺麗に洗っている。お楽しみを待つことは苦手だ、と彼はにんまり笑って私に近づいた。

「ひっ……」

逃げてもあるのは壁だけだ。転がされていた怪我をしている男の人が、もごもごと必死に叫ぼうとして苦しんでいる。君だけでも逃げてくれと言っている。

できるだろうか。わからない。

でも私は彼らの考えを知ることができる。今なら男は油断している。何もできない女だと思っているが、一般的な女性よりも体力はあるつもりだ。力いっぱい体当たりして、開いている扉の向こうに逃げ切れば。きっとできる。息を吸い込んだ。――でもそんなことできなかった。

逃げてくれと叫んでいる足元の騎士は、本当に、本気でそう思っている。そんな真っ直《す》ぐな声を聞いて、背中を向けて逃げるには私は弱すぎた。ジョンもそう言っていた。そうして殺された。同じことを繰り返せるほど、私は強くなんてない。

こぼれた涙は恐怖だったのかもしれない。皮剥男は何も言わない。けれども心の中で、何度も私の皮を剥いで、楽しんで笑っていた。ぞっとした。

「リオ様……」

言葉が勝手に漏れていた。

ヴァシュランマーチのときのように、彼が駆けつけてくれることはない。わかっている。

「リオ様……！」

——今の私に、何ができるだろう。

あの幼い頃の私は、本当は何ができただろう。ただ人の心の中を読む、そんなギフトでどう抵抗できただろう。

（きっと、あった）

本当なら、たくさんの方法があった。

今の状況だってそうだ。こんなところに連れてこられる前に、いくらでも逃げ道があったはず。ジョンの死から逃げて、離れに引きこもっている間も考える時間なんていくらでもあった。でもそんなこともせずに、ただ足踏みを繰り返して目をそむけていただけだった。

（汚い手段でもいい、何をしたっていい）

ただ、生き残る。それだけが目的だ。逃げなんてしない。諦めなんてしない。

「……あんたの」

気づけば、口から自分でも驚くほど低い声がこぼれていた。おどろおどろしい。ぞっとするような声だ。覚悟は決めていた。

「あんたの、名前を知っているわ」

ぴくりと皮剥男は震えた。

「あんたの名前は、リコス。年は二十六ね？」

確認するように男の瞳を見つめたが、間違いなんてあるわけない。

「それから家族は？　へえ、七人。大家族ね。それともこんなものなのかしら。妹が一人、あとは兄が二人と弟が一人。家族仲はよくないのね。おうちは何をしているの？　そう。パン屋さんなの」

自分でもすらすらと声が出てくる。

実際は彼が考えていることをそのまま口に乗せているだけだ。疑問を向けると、勝手に彼の頭が答えてくれる。男は困惑したように眉根を寄せた。家の場所から今日食べたご飯を言い当てて、ナイフを手に入れた場所まで告げる。

「家で使う食卓用のナイフなの？　ぞっとするわね」

それからわざと挑発的な声を出した。

「これ、全部私のギフトよ」

とにかく時間を稼ぎたかった。逃げるタイミングを掴むことができたらいいけれど、そんなに都合よくはいかないはず。

だからこうして時間を稼いで、万一外で他人の声が聞こえれば大声を出す。それくらいしか思いつかなかった。男は奇妙なものを見る目で私を見た。

真っ直ぐに立って、私は男を睨んだ。

「あのね、私のギフトは呪《のろ》いなの。相手のことはなんでもわかるし、わかった相手には、いくらでも悪さができてしまうわ。恨みが強くなればなるほどすごいわよ。試してみる？」

冷や汗ばかりが流れていく。

どうやら少しくらいの脅しにはなったらしい。なぜなら彼もギフトを持っているから。ギフトとは理屈ではない。それを持っている人間は誰しもが理解して、ときには恐怖を感じている。

じりじりと互いに距離を取った。

吐き出した息が妙に冷たい。一体どれくらいの時間が経ったのだろうか。

時間の感覚すらもわからなくなったとき、ひどく男の息が荒くなった。

剥ぎたい。剥ぎたい。とにかく剥ぎたい。ナイフを持っている両手が小刻みに震える。我慢なんてできない。なんていったって、俺は皮剥のギフトを持っているんだから。そうしろと神様から言われているんだから！

流れ込む思考の渦《うず》に溺《おぼ》れそうになった。もう止めることなんてできやしない。そう感じたとき、ふと、自分が腹を立てていることに気づいた。

人はギフトに振り回されて生きてしまう。その人のギフトが、良くも悪くも人生の選択となり得てしまう。

リオ様も、マルロ様も、シャルロッテ様も。私だってそうだ。私は恐怖を引きずり、離れに引きこもって、ずっとずっと様々なものから逃げていた。情けない人生だった。

でも、そうしようと選んだのも私だった。

「……なんでもかんでも、ギフトのせいにしないでよ」

耳が痛い。自分の言葉に苦しくなる。なのに、言葉は止まらない。

「なんでもかんでも、神様のせいになんてしないで！　あなたがそうなったのは、あなたのせいよ！」

家でおかしなやつだとやっかいものにされているのなら、飛び出せばよかったのだ。店先を見つめていないで、肉屋の扉を叩いたらよかった。彼のギフトを告げれば、きっと重宝されただろう。

そうすることを選ばなかったのは、この男自身の問題だ。

あまりの思考の波に、頭が狂いそうになった。

彼は口を閉ざすことばかりがいつの間にか得意になっていて、内にばかり溜《た》め込むようになった。

殴られた被害者のくせに自分の名前すらも言うのが億劫《おっくう》で沈黙を貫いた。誰も彼もが自分よりも楽しげで、幸せそうに見えた。

特に犬を見ると腹が立った。尻尾を振っているだけで可愛がられて、飯をもらって生きている。端から皮を剥いでやりたかった。

この女も騎士もそうだ。可愛らしい顔をして、なんと生きやすそうな人生なんだろう。まっとうな職について、まっとうに人のために働いて、俺に比べてなんとまあ――。

殺してやろう、と聞こえる声は、耳を塞いでも止まらない。

だから私は気づかなかった。自分が気づけば必死に悲鳴を上げていて、そのすぐ近くに誰かが駆けつけていたことを。

木でできた扉に大きな何かが叩きつけられた。

激しい衝撃に皮剥男はびくりと肩を跳ね上がらせて距離を置いたが、扉が砕け散るのはあっという間のことだった。飛び散った木くずが床の上に跳ねると同時に、真っ茶色の犬の毛並みのような髪が見えた。息を呑み込んだ。

リオ様だった。

なんで彼がここにいるのか、幻なのか。真っ先に疑ったのは自分自身だ。願い続けるあまりに、夢でも見ているのではないかと。けれども夢ではない。しっかりと実体を持って、リオ様は部屋の中に飛び込んできた。

「リオ様……!!」

「エヴァさん！」

漏れた声は、言葉にもならなかった。おかしくなった心臓が痛いくらいに締め付けられている。でもいけない。ここにはあの男がいる。

皮剥男にとって、想定外のことだったのだろう。しかし驚きのあまりに固まってしまった動きは一瞬のことで、あとは素早いものだった。

大柄なリオ様に向かって、すぐさまナイフを振りかぶった。男はギフトを持っている。いくらリオ様がプレートを仕込んでいようと関係ない。なぜなら皮を剥ぐために、男は生まれたのだから。いくらでも剥いでみせると、強い心の声が聞こえる。

対してリオ様の剣はボロボロで、刃こぼれまでしている。訓練中に私の危機に気づいて、剣もそのままに駆けつけてしまったのだ。頭の中では、ぐるぐるとシャルロッテさんやマルロさんの会話が聞こえてくる。申し訳なかった。

ナイフと剣が交わる度に火花が散った。

これではすぐさまリオ様の剣が折れてしまう。何かできることがないかと、必死で声を探るうちに気がついた。皮剥男が苦しげに喘《あえ》いでいる。ぴかぴかのナイフが、だんだんと輝きを失っていく。

リオ様はただ静かに、男をいなし続けた。まるで子どもと大人の喧嘩《けんか》だった。大きく振るわれた一刀で、あっけなく皮剥男のナイフは弾《はじ》き落とされた。

「ひいい！」

情けない悲鳴だ。

リオ様の行動は、とても冷静だった。けれども内面はひどく苛立《いらだ》っていて、今すぐに男を殴りつけてやりたい衝動に駆られていた。

しかし武器もなく、部屋の隅へと逃げ出して縮こまりながらぶるぶると震える人間を脅すほど、おかしくはなっていないとため息をついた。それよりもと。

リオ様が、こちらを向いたときだ。

「いけません！　それは嘘です！」

重たい鎧が叩きつけるように投げられたのは同時だった。

皮剥男は諦めてなどいなかった。投げた鎧は、声を出すこともできず倒れ込んでいた名前も知らない騎士のものだ。

鎧はリオ様にぶつかることはなかった。しかし彼の注意を一瞬でもそらすことができれば、それでよかったのだ。皮剥男は隠し持っていたナイフを機敏に懐から取り出し、体勢をよろめかしたリオ様に向かって、真っ直ぐに投擲《とうてき》した。

「………………ッ!!」

恐ろしくて目をつむることもできなかった。それなのに、何が起こったのか理解ができなかった。

リオ様の足元にはありえない形をしたナイフが砕けて散っている。

先ほどまで皮剥男が隠し持っていたナイフだ。リオ様が短く息を吐き出したその瞬間、瞬く間にナイフが崩れ落ちた。私の目では何も捉《とら》えることができなかった。それは皮剥男も同じだ。ボロボロのリオ様の剣も、ぱっきりと折れてしまっていた。

今わかった。リオ様のギフトは、誰よりもうまく剣を振るうこと。

なんの意味もなくなってしまった剣を、なんてこともなく、リオ様はぽいと投げ捨てた。

ただ振り下ろした剣でさえも脅威となりうる。リオ様の思考から初めて知った彼のギフトに、ひどく驚いてしまった。

それから後は簡単だ。互いに丸腰となったものの、リオ様はゆっくりと拳を握って長い足でずんずんと皮剥男に近づき、男の抵抗をものともせず呆気《あっけ》なく腹に拳をめり込ませ、男があぶくを吹いて白目になったところを確認して見下ろした。

エヴァさん、とこちらに駆けつける姿を見て、瞬きを繰り返して、ぽすりと彼に頭をもたれさせた。それがすっかり最後の記憶だ。緊張の糸がぷつりと切れる音がした。同時に、意識も暗くなってきた。だから彼が何を思っていたかなんて、そのときは何も聞こえもしなかった。

＊＊＊

「リオ、お前、速すぎだよ……」

「そっちが遅いんだ」

ため息をつきながら意識を失ったエヴァさんを抱きかかえて、あんまりにも軽い彼女の体に驚いた。息はしている。首のあざがあまりにも痛々しかった。あとから遅れてきたマルロが、アイクの容態を確認している。

「こりゃ派手にやられたな。でもまだやられてから、そう時間は経ってない。王宮の治癒《ちゆ》師のもとに運べばなんとかなる。いや、ここに呼んだ方が早いかな」

「そうだな。アイク、意識はあるか？」

ぴくりと彼の指先が反応したのでほっとした。ふがふがとなにやら言いたげに口元を動かしていたが、お人好しのこいつのことだ。言いたいことはなんとなくわかる。

「お前の方が重傷なんだ。まずは怪我を治してからにしろ」

にまりとゆっくり、口の端が動いていた。

鼻をひくつかせるソルの後を追ってここまでたどり着いた。走れば走るほど彼女が向かうはずもない場所で、肝ばかりが冷えていった。

街の中心部からはそれて、立ち並んだ廃墟《はいきょ》のどこかにいるというところまではわかったが、それ以降はぷっつりと塩の匂いが途絶えてしまったらしく、困ってくるくる回るソルに頭を抱えた。

『エヴァ夫人側にくっついてこぼれた塩もとっくに底をついてるだろうし、なによりここは閑散《かんさん》として風通しが良すぎる。さすがに犬の鼻だけじゃ無茶だよ。改めてのろしを上げよう。騎士団を呼んで、そこから虱潰しにしたらいいよ』

遅れてやってきて、へえへえ肩で息をしながら額の汗を拭《ぬぐ》っていたマルロの提案はなんの間違いもないとわかっていたが、ひどく苛立った。

だから走った。むちゃくちゃに駆けずり回って、微かに聞こえたエヴァさんの声を耳にしたときは、心臓が飛び跳ねた。思い出してよくぞ間に合ったものだと何度目かのため息をついた。

今回の功労者であるソルはといえば、短い足では階段を上ることができず、きゃいきゃいと階下で吠《ほ》えている声が聞こえる。そろそろ迎えに行ってやるべきかもしれない。

「いやそれにしても、本当に驚くべき速さだった。僕なんてほっぽりだしてさっさと一人で突入しちゃうんだもの。そんなにエヴァ夫人のことが心配だったの？」

「当たり前だ、俺の妻だぞ！」

はっきりと叫ぶ自分に驚いた。それから腕の中で、すうすうと寝息を立てている彼女を見て安心した。

マルロがニヤつきながらも手持ちの道具を混ぜ合わせて薬を作る。諜報員《ちょうほう》である彼は特殊な液体を混ぜ合わせることで、いくつかの色合いの、のろしを作ることができる。

まずは怪我人がいることを伝えなければいけない。アイクを運んで王宮に連れていくよりも、ずっと早く治癒師の助けが来るだろう。

部屋の端には猿ぐつわをもごつかせた男が芋虫のように飛び跳ねている。目を覚ます前に、部屋の中から見つけた荒縄でくくりつけておいたのだ。

ははあとマルロは口の端を持ち上げた。

「やっとこれで僕の仕事も終わりかな。いやあ、面倒をかけてくれたものだね」

細かい話は怖いお兄さん方が聞いてくれるよ、とにっこり笑って見下ろしている。

「マルロ、やはりこいつが件の事件の犯人か？」

「そうだろうね。物証もいくつか見つけたよ。ひどいことをしたもんだ」

すでに家の周囲と内部の調査を終えているようだった。相変わらずの仕事の速さに驚くしかないが、
それにしてもと疑問ばかりがつきなかった。

「……なんでお前、こんなことをしたんだ？」

多くの動物を傷つけ、エヴァさんを攫《さら》った。そしてアイクも。

男に問いかけたところで、濁った瞳がこちらを見上げているだけだ。

「あのね、リオ。お前ほど真っ直ぐなギフトは、そうそういないもんなんだよ」

マルロの言葉の意味に首を傾げた。

「ギフトは、ギフトだ。それはただの個性だろう？」

＊＊＊

目が覚めると知らない女性が目の前にいた。

驚いたものの、最初にしたことはリオ様を捜すことだった。真っ白な部屋の中でベッドに埋もれながらキョロキョロ周囲に目を向けていると、「誰かを捜しているの？　もしかして、旦那《だんな》様？」と、女性が優しげな声を出した。

「本当に夫婦仲がいいのね。フェナンシェット様は少し席を外しているけれど、ちゃんと戻ってきてくれるわよ」

からからと笑っている。

それよりも診察を行いましょうね、とゆったりとした動作で私の首元を触り、私と同じく診療所に運び込まれたアイクさん——リオ様の同僚の方のお名前をそのとき初めて知った——は別室できちんと治療をされていて、経過にも問題ないと聞いて胸をなで下ろした。

気を使ったのか、誰も私にリコスという名の皮剥男について尋ねることはしなかったけれど、彼らの考えで理解した。

私がアイクさんとともにリコスに捕らえられていたのは夕方頃だったはずなのに、すでに日は高く昇っている。シャルロッテさんやマルロさんにも随分心配をかけてしまったらしく、関係者でないという理由から、シャルロッテさんからは伝言だけ、マルロさんは少しだけ顔を出してくれた。

『見舞いの菓子だよ。作り方は今度ご一緒に、だってさ』

つまりは早くお会いしましょう、とのことだ、と肩をすくめたマルロさんのほっぺたには、なぜだか立派な五本線が走っていた。どうやら彼らの間で一騒動あったみたいだけれど見ないふりをすることにして、ありがとうございますと頭を下げた。二人が知り合いだったとは知らなかった。

そしてリコスは騎士団に捕らえられ、リオ様が尋問を行った。

けれども私という身内が関わってしまったから私情が交じることを防ぐため、それはあくまでも補佐という形だったらしく、彼は早々に私のもとにやってきた。エヴァさん一緒に家に帰ろう、と片手を差し出してくれた。もちろんソルも一緒だ。

家に帰るとすぐさまベッドの中に閉じ込められた。とにかく彼には心配をかけたらしい。それは私のギフトがなくてもわかるくらいで、思い出してはため息をついて、でも私の顔を見て胸をなで下ろしてとひどくお忙しいご様子だった。

目を覚ます前は怖くてこわくて仕方がなかったのにリオ様を見ると安心する。そっとシーツの端を引っ張って私はこっそり彼を見つめた。

窓の外からちりちりちりと鳥の歌声が聞こえる。最近は庭で駆け回っていることの多いソルも心配をしているのか、ベッドの上で丸くなってすぴすぴ寝息を立てていた。

とてもほっとする時間だった。なのにおかしい。

「……あの、リオ様」

「……ん？」

「お仕事は、大丈夫なのですか……？」

私の疑問に、問題ないと彼は答えた。

「今回は事情が事情だからね。団長がすぐさま許可をくれたよ」

強面《こわもて》の団長様であるがとてもご家庭思いの方らしい。それはよかった。ではなく、聞きたいことは別にあるはずなのにびしりと問いかけることができなかった。

「あの、リオ様」

「うん」

「て」

「うん？」

「手、が……」

ずっと握りしめられている。

うん、とやっぱりリオ様は曖昧《あいまい》に返答した。それから恐るおそる私を見て、ぱちりと目が合うとへにゃりと笑った。彼は少しだけ屈んで、ご自身のおでこにこつりと私の手をあてた。

ひどくはっきりと彼の気持ちが伝わってくる。

(俺は、エヴァさんが好きなんだ)

びくりとした。

心の声に聞こえないふりをすることには慣れているけれど、こればかりは我慢ができないかと思った。驚いてどくどく大きな音を立てる心臓を押さえたいのに、彼に手を掴まれていてそうすることもできない。リオ様は続けた。

（考えないようにしていたんだがな。でももう、知ってしまった）

君が愛《いと》しいと、言葉ではなくはっきりとした感情が教えてくれる。ひどく耳の裏が痛くて熱くて、真っ直ぐに彼を見ることができない。

リオ様は消えてしまった私を追ったときの恐怖や恐ろしさであるとか、後悔と安堵のような様々な感情が入り混じり苦しんでいた。とても申し訳なかった。私がもっと慎重であったのなら、リオ様にこんな思いをさせることはなかった。唇を噛んだ。でもすぐにまた柔らかな彼の気持ちに触れて、こてりと彼の胸元に頭を寄せたくなった。

（本当は俺は君を抱きしめたい。でも、そうするわけにはいかないから）

だからせめて君の手だけでもと、必死に感情を抑え込んでいる。ひどく可愛らしい人だった。私だって、彼が愛しかった。

私もあなたが好きです。

そう言ったらどうなるだろう。喜んでくれるだろうか。彼の妻であることを認めてくれるだろうか。そうすれば痛いくらいに握りしめられたこの手のひらの代わりに、ぎゅっと抱きしめてくれるだろうか。

リオ様に手を握りしめられながら、色んな想像をした。

息を吸って、吐いて、やっぱりやめて、吸って。何度も繰り返してどきどきしている心臓をなだめて彼を見上げた。夢みたいに幸せだった。ふわふわしていた。

けれどお花畑なのは、私の頭の中だけだった。

ああそうだと思い出したかのように、リオ様は私に問いかけた。

「エヴァさんすまない、一つ確認させてもらいたいことがあるんだ」

「え？　あ、はい。どういったことでしょう」

「事件の犯人が、供述していたことなんだが……自分の名前も住所も、捕まえていた女性に全て言い当てられたと。もしよければ、そのことについて説明してもらっても構わないかな」

頭の上に冷水を浴びせられたような気分になった。

リオ様の言葉を聞いたとき、すっと指先が冷えて感覚がなくなった。彼が好きと感じてくれているのは、私が普通の女だと勘違いしているからだ。こんなひどいギフトを持っていることを、彼が知るわけがない。

ぞっとして、唇を噛みしめて、逃げるように枕《まくら》に顔をうずめた。するとリオ様は何を勘違いしたのか慌てたように説明した。

「あ、いや、悪い。怖い思いをしたのにいきなりだった。君がもしかして、どこかであの男と会ったことがあるのかと、ただそれだけの確認のつもりだったんだ」

あの男が勝手に言っているだけかもしれないし、とベッドに入った私の頭を、リオ様はゆっくりとなでてくれた。

もしかすると、ごまかせるような気もした。そんなの知りませんと突っぱねて、わかりませんと。

アイク様は聞いていらっしゃったかもしれないけれど、彼の意識も混濁していた。

この街には来てから半年と少しばかりだし、会ったことなんてあるはずもないと言い続ければ、リオ様自身も確認のため尋ねているだけで、大して重要なことでもないらしいからなんとかなるかも。

きっとだいじょうぶ。

やっぱり気分が悪くなりました。お話は終わりにしたいです、ごめんなさい。そう言えばいい。覚悟を決めているうちに無言になって、それだけでもリオ様の中から心配そうな声がする。あとひと押しだ。大丈夫。残りは四ヶ月もないのだから。

このままリオ様とソルと一緒に楽しく過ごして、ああ、あんな楽しいこともあったなと年を取ってからのいい思い出にしたらいい。きらきらとして素晴らしくて、幸せな十ヶ月になるに違いない。

長年閉ざし続けていた私の口は、すっかりと堅くなっていて、ちょっとやそっとでは緩むはずもなかった。たとえいくらの恋心があったとしても、彼に全てを告げるわけにはいかない。

だから絶対に、誰に言うこともなく生きていく。そう決めていたはずだったのに。

窓の外から、ちらちらと緑の可愛らしい葉っぱが見えていた。オレンジの葉っぱだ。

どうしてもあの果実を使ったお菓子を作りたかったのに、実がなっている場所が私の背よりもずっと高くて、困っていたらリオ様が手を貸してくれた。もぎたてを食べて、ああすっぱいと二人で笑った。こんな日々がずっと続けばいいのにと心の底では願っていた。彼も、そう思ってくれていた。

「……エヴァさん？」

勝手に涙がこぼれていた。顔は枕で隠れているはずなのに、ひくつく肩はごまかせない。

思い出したくなんてなかった。リオ様のお嫁さんになりたいと願って、ヴァシュランマーチでまるでたくさんの蛍《ほたる》の中にいるかのような、あの道を歩いて帰った。

――誰にも告げず生きていくということは、一人で生きていくということ。そんなことは、ずっと昔からわかっていた。

覚悟はできているつもりだった。

でも結局それは、少しばかり人差し指でつっつけばそのまま崩れてしまうような、もろくて情けないものだった。

エヴァさん、と困ったように差し出した彼の手のひらを握りしめた。枕からはゆっくりと卒業してベッドの上に座り込む。私は彼から手を放して、自身の膝《ひざ》の上に手を置いた。彼の困惑した気持ちはわかる。

「リオ様は、ギフトをお持ちですか？」

想定外の質問だったのだろう。改まった顔をして問いかけた内容がこれだ。彼は幾度か瞬いた程度で、答えはすぐに教えてくれた。

「ああ、持っているよ。剣を振るうことができるギフトだ。昔はクワを振るギフトだと勘違いしていたから、ずっと土いじりをしていた。その癖がどうにも今も抜けないんだ」

ただそれだけのことのように彼は頭を引っかいたが、それは彼のギフトだからだ。通常なら自分から言うのならばまだしも、他人にギフトを尋ねる行為はとても失礼なことだ。以前にシャルロッテさんが慌てて口を閉ざしていた。

「私も、持っています」

「ああ、君も貴族だからね」

家名持ちの人間はギフトを持っていることが多い。身に宿る魔力が多いせいなのだろうというのが通説だが、実際のところはわからない。

ここまで告げるだけでも、覚悟が必要だった。

ばくばくと、心臓が嫌な音を立てている。そこから先のことは困った。ひどく怖かった。それでもリオ様には伝えたかった。たとえ嫌われたとしても、彼にだけは伝えたかった。

「わ、私の、ギフト、は……」

声が震えた。それでも、やっとの思いでひねり出した。またボロボロと涙がこぼれてきた。リオ様は慌てて中腰になって、私の手を掴んだ。私も必死で彼の手を握りしめた。逃げないでと、きっとそう願っていた。

「人の心を、否応なく読んで、しまうんです」

不思議なことに言ってしまったと後悔する気持ちはなかった。ただただ、ほっとしている自分には、少しだけ驚いた。

幼い頃のことを思い出した。私の隣には、いつもジョンがいてくれて、よく似た犬のぬいぐるみを抱きしめながら使用人達の言葉をこっそりと聞いていた。

みんな嘘《うそ》ばかり言っていた。好きと言って、心の中は嫌いと言う。おいしいと言うのに、まずいと本当は叫んでいる。

最初に知ったのはいつだったか。ショックのあまりにぼとりと腕の中から落ちたぬいぐるみは土だらけで、ジョンが困った顔をしてどうぞとくわえて渡してくれたけど、そのときの私はどうにも受け取る気分になれなくて、彼らの会話を右から左に聞いていていた。

物心ついたときから、人は嘘をつくということを覚えた。ただそれは仕方のないことだと知ったのも、そのすぐ後だ。

いつも口がむずむずしていた。

それは嘘だよ。あれも嘘。教えたらどうなるかな。知ったらどうなるかな。

言いたい気持ちを抑え込んでもぞもぞしている間に私は離れに引きこもって、そんな葛藤《かっとう》からも逃げ出した。それでもときおり子ども時代はむずむずした。気づけばにっこり聞き流すことが得意になっていたけれど。

本当は、いつか誰かに言ってみたかった。それであっとびっくりする姿を見たかった。

でもその相手が、初めて好きになった相手になるだなんて誰が想像しただろう。しかも一応は両想いといえる状況なのだけれど、きっと私のこの言葉で全てが終わる。

なのに自分の考えはといえば、ああすっきりしたとそれだけで、驚きつつも、幼い頃からの夢がかなったみたいな気分だった。

もう嘘をついたり、ごまかしたりする必要なんてどこにもない。

リオ様はぱちぱちと瞬いて私の言葉を呑み込もうと首を傾げた。そうして、じわじわと言葉の意味を理解している。初めての経験だった。固唾《かたず》を呑んで彼の思考を待っている。待っている間になるべく悪い結果を想像してみた。そうすれば、せめて覚悟をすることができる。

リオ様が私のギフトを信じない可能性は考えなかった。なんていったって、リオ様もギフトを持っているから。そういうものなのだと、ギフトを持っている人間は無意識に、当たり前のように信じようとする。これは神様からの贈り物なのだから。

私のギフトが呪いであると荒唐無稽《こうとうむけい》な言い分でも、皮剥男が躊躇《ちゅうちょ》していた理由はそこにある。だからこそギフトを偽ることは大罪とされている。

とはいえさすが騎士として王都を守っているからなのか、リオ様は思考の中で一つひとつ、精査を始めた。偽りのギフトを口にして罪を逃れようとする人間も多いのだろう。とんとんと指先でこめかみを叩いて、考える。それから思い出す。少しずつ認識する。

(嘘だろ?)

弾け飛ぶように聞こえた声はそれだった。一体なんのこと？　と思いながらも、「本当です」としっかりと、自分で意識して伝えてみた。

今まで無意識に思考の声に反応してしまったことはあるけれど、わざとこうしたのは初めてだ。少しだけ勇気が必要だったけれど、必要なことだ。

私の言葉を聞いてリオ様は正しく認識した。それから驚くべき勢いで顔を真っ赤にさせて、そうした自身に気づいたらしく、顔面を片手で押さえ込んだ。

一体なぜ？　と首を傾げた。

「き、聞かないでくれ！」

リオ様は転げるような勢いで後ずさり、案の定、足を滑らせてお尻を床の上に強《しただ》かに叩きつけた。

大きな体がどすりと屋敷の中を揺らした。ベッドの上で眠っていたソルがびっくりと顔を上げて周囲を見回して、そのますんすんと鼻を鳴らしたけれど、まあいいかと私の膝の上を探してぽすりと顎《あご》を乗せて眠ってしまった。

彼の言葉に傷つく前に、リオ様の思考が流れ込んでいる。

(それじゃあ、俺が浮気をしているふりをしていたこともバレていたのか！)

「そ、そうですね……？」

返答に困った。

(初夜を困っていたこともか！　未《いま》だに過ぎた初夜をどうすべきか悩んでいたこともか!?)

初夜初夜言うのはやめていただけませんかね。言いづらくて顔をそむけると、態度で理解できてしまったらしい。リオ様は立ち上がった。そして叫んだ。

「俺が君を好きなこともか!?」

もうやめて。

ひいっと喉《のど》から変な息が出そうになる。どうしてもごまかしたくて、再度、反対の方向に視線をそむけた。なのに彼からは答えてくれと必死な声が聞こえてくる。だから頷いて、こっちも負けじと叫んだ。

「し、知ってます!!」

気づけば握った拳が震えている。

怒濤《どとう》のように押し寄せる思考の波が唐突に静かになったから、不思議に思って彼をこっそり覗いてみると、人はこれほどまでに顔の色を変えることができるのかというほど、リオ様はその色合いを真っ赤から真っ青に変えていた。

(じゃあ、俺が君と別れようとしていたことも?)

理解した。ああー……、と口元を引っかく。答えないわけにはいかなかった。というか、リオ様もとっくにわかっている。

「そ、そう、です、ね……?」

リオ様は死んだ。墓に入った。

もちろんそれは比喩表現なのだけれど、彼の中の心象風景はスコップを握りしめて自身が埋まる穴をゆっくりと掘り進めている。言葉を使うのならば、絶望という単語が一番近い。

これはあまりにもフェアじゃなかった。私は初めから全部知っていたのだ。だからそういうものなのだと思っていたし、残念に思うことはあったけれど、彼を恨むわけがない。それどころか素敵な人だと考えていた。

でも今はそういうことを言いたいわけではなくて、本当に一番伝えたいことを言うべきだと思った。この言葉を伝えないと、私はひどい嘘つきになってしまう。

「リオ様」

ベッドの上に座りながら、ゆっくりと彼に手を伸ばした。

大きな彼の手を私から掴むと、さっきまでさんざん自分から握っていたくせに、彼はまたぽふりと顔を赤くした。

それを必死で隠そうと表情を引き締めて、意味のないことに気づいて首を振っていた。硬くて大きくって、安心できる手のひらだ。隠し事は、もうなしにしよう。

「私も、リオ様のことが好きです」

言ってしまった。

そのときの彼の顔があんまりにも可愛かったから、ひどく胸が締め付けられた。でもすぐにリオ様は聞き間違いを疑っていた。

だって、ずっと私達は嘘の夫婦を演じていた。リオ様のご事情を全てわかった上で、彼のことが好きなのだと伝えることが理解できなくて、自分が考えた都合のいい幻想なのではないかと。私が手を握っていなければご自身のほっぺを思いっきり引っ張るような勢いだ。

おやめくださいね、と一応先に伝えておいたけれど、リオ様は自身のこれまでの様々な言葉や態度を思い起こし、真っ赤になったり真っ青になったりと忙しい。

君が俺を好きだなんて絶対に嘘に決まっている、と必死に頭の中で叫んでいる。

「嘘じゃありません。私はリオ様の本当のお嫁さんになりたいって、ずっと思っていました」

すぐにぶるぶる彼は首を振った。それは否定の意味ではなく、こんな都合のいい現実があってたまるはずがない、と口を引き結んで否定している。

「ありえます！」

人様の気持ちを見透かし続けていた報いなのだろうか。ちっとも伝わらないことが歯がゆかった。

ただ彼の手のひらを握った。どうしたんだろうとリオ様は不思議に思っていらっしゃる。だって、そんな。

「リオ様が、ずっと何もおっしゃらないから……」

私の言葉を聞いて、リオ様はあっと自身が声を出していなかったことに気づいたらしい。私のギフトが疑うべきものではないと改めて理解した。

すっかりリオ様の頭の中は固まっていた。当たり前だ。私はなんて失礼なことをしたんだろう。人の気持ちを盗み見するだなんてとてもひどいことなのだと、改めて胸が痛くなった、そのときだ。

私がリオ様の手のひらを握っていたはずなのに、気づけばリオ様が私の手を握りしめていた。

「えっ」

びっくりして瞬いた。すぐさま彼の思考の波が襲ってくる。たくさんの彼の気持ちだった。色んな思いがあった。ただそれを、一つきりの言葉にするならば。

「本当に、申し訳なかった！」

リオ様は心底そう思っていらっしゃった。

彼は必死で私に頭を下げた。

「俺は君と別れるつもりだった。それはあまりにも不誠実な考えだった。でもそれを、君は、初めから、知って……」

ひどく声が震えて、羞恥《しゅうち》に苦しんでいた。次にやってきたのは大きすぎる罪悪感だった。彼が考えているのは私のことばかりだ。あのとき私がどう感じただろうとか。たくさん不安にさせてしまったとか。本当にひどいことをしたと、たまらない彼の気持ちがどんどん押し寄せてくる。

（なんで……）

もらうはずだった言葉はきっとこんな言葉じゃない。なのに間違いなく彼はそう思っている。ただ私に謝罪の言葉ばかりを伝えている。謝ったところでなんになるわけじゃないとわかって、唇を噛みしめて苦しげに瞳を閉じて、私の手を掴んだリオ様の手のひらは震えていた。

そんな彼を見て、なぜ彼はこんなに私を好きにさせるんだろうとわからなくなった。大好きだった。

彼はいつも人のことばかりで、たくさんの不安を抱えているのに優しくて、今度は私のことまで見てくれている。

こぼれそうになった涙は、悲しみからじゃない。

なんとか必死に呑み込んで本当に好きと自分の心の中で呟いたとき、まったく同じ声が彼から聞こえたから驚いた。そしてリオ様は気がついた。エヴァさんを好きになってはいけないと思っていた。でも彼女はもう知っているんだから、今更隠す必要なんてないんじゃないか。隠したところで、仕方がないいんじゃないか？　と。

ごもっともなことだけれど、今そこに気づくのはやめてほしかった。

リオ様は普段はへにょりと垂れた眉毛を、きりりと吊り上げた。彼は彼の中で、すっかり覚悟を決めていた。リオ様の性根は尻尾を振った可愛らしいわんこのようなのに、ときおり気合が膨れ上がる。

「え、あ、あの、あの」

リオ様はよくてもこっちの準備は何もできていない。今から重要な言葉を告げられてしまう。待って、ちょっと待って、リオ様お願い。見上げたときに、彼はきゅんと心を射抜かれていた。待って私は射抜いていない。

「エヴァさん、俺は！」

リオ様は握っていた手のひらを放して、私の両肩をそっと掴んだ。これは無意識だろうが逃げられない。そして彼は大きく気合を入れて言葉を出した。

「君と、結婚したい！」

「もうしてますが⁉」

「きゃうん⁉」

さすがの勢いに驚いたのか、私の膝の上でもふもふと眠っていたソルが飛び起き、リオ様に牙《きば》をむいている。すまないと彼はとっさに謝ったものの、続けて叫んだ。

「好きだ！」

「し、知ってます⁉」

さっきも聞いたし、彼の頭の中でも何回も聞いた。今も叫び続けている。意味がないと知っていても、思わず両耳を塞いでしまいたい気分だ。こんな気持ちは初めてだ。

好きな人に好きと言われた。たったそれだけのことなのに、頭の後ろ側が真っ赤になりそうでぐるぐるする。

(きっと照れている、可愛い)

聞こえている。彼の口からも心からも全方向に狙《ねら》いを定められていて、とにかく逃げ場がなかった。

あわあわして怒ったソルをなだめて抱きしめてもふもふして、大混乱だ。

(もう、全部エヴァさんは知っているんだ)

だったら我慢なんてする必要なかったんだと。リオ様はご自身の頭の中を整理した。そして私でさえもわからないくらいに胸の奥にしまい込んでいた気持ちを、ゆっくりと形にして言葉を紡いでく。

「エヴァさん。ご存知の通りだが俺はただの子爵家の次男で、特技は畑を耕すことぐらいでちょっとのギフトはあるがその程度だ。金もない。君には不釣り合いなこと、この上ない。わかってる。それに馬鹿《ばか》な兄と父もいる。身内の不始末は俺の責任でもある。いや、金がないことをわかって婚姻した時点で当たり前だ。だから、君とは結婚できない、そう思っていたんだ。でも」

きらり、きらりと。まるで彼の翠の瞳が瞬いているみたいだった。一つひとつ言葉を紡ぐたびに、彼の中の気持ちは大きくなる。はっきりと、しっかりと形になっていく。

色んなことを考えて思い出した。あと少しだと、互いに終わりの時間までを数えていたこと。それは私と、同じ気持ちだったこと。

もう一度、はっきりと。彼の気持ちが好きだと叫んでいた。

「金は稼ぐ!! 何年かかったとしても、必ずだ！」

持参金はすでに使い切ってしまったから、それはリオ様にとって大きな問題だった。乗り越えるべきもので、無視をすることなど許されない。でも、それでも。

「だから十ケ月を過ぎたとしても、その先も君といさせてくれ!!」

とても真っ直ぐな気持ちだった。私はソルを抱きしめたまま、ただ静かに瞬いてリオ様を見上げていた。そのときのリオ様は私の肩を掴んだまま口元を引き結んで、眉を必死に吊り上げていたけれど、ほんとはぶるぶるしていた。彼だって怖かった。でも我慢の限界だった。

ずっと、一緒にいたかった。

それは、私も。

「あ、の……」

ぽろりと涙が溢れたのはそのときだ。

自分でも驚いて呆然《ぼうぜん》としたまま瞬いた。リオ様はさらに私よりも驚いた。

すでに声にもならなくて、真っ青な顔をするものだから、すぐさま首を振った。

「ち、違います！　嫌なわけとか、そんなわけじゃ、なくて！」

「え、そん、あっ」

むしろその反対だ。

人の気持ちを勝手に盗み見るばかりで、私は伝える努力を疎《おろそ》かにし続けていた。だからそのときの自分の気持ちを彼にどう伝えていいのかわからなかった。ただ、ぼろぼろと涙が溢れた。でも、わからないから。そう言って逃げ出したくなんてなかった。そんなことしたくはなかった。

「あの、その」

下手《へた》くそでもいいから。喉を震わせながらでもいいから。

溢れる涙は止まらなかったけれど、少しずつ、少しずつ、彼に伝えた。

「そ、そういう反応は予想していなくて、だ、だって、こんなギフトがあるって知ったら」

それこそ嫌われるに決まっていると思っていたのに。

私の必死の言葉はなんとかリオ様に伝わった。でもその意味や、重たく抱え込んでいた気持ちまではどうにもだめだったようで、彼はとにかく困惑して、すっかりもとの彼の顔に戻って戸惑ったように眉を垂らしていた。

「い、いやでも、そのギフトのおかげだろ？」

何がだろうか。心の中は読めてわかるのに、やっぱりわからない。彼がそのことを当たり前に思っていることだから、私にはそれが伝わらない。

「き、君がそのギフトをたまたま持っていてくれたから、馬鹿な俺の行動に思い違いをせずに済んだんだろ……？　いや、初めから知っていたからこそ辛い思いをさせてしまったんだよな、うん？　よくわからなくなってきた」

混乱していらっしゃるご様子だったけれど、一番伝えたいことはそうじゃない、と彼は首を振った。

そして、はっきりと言葉を告げた。

「君が、その力を持っていてくれて、よかったよ」

こんなのって、あるだろうか。

あんまりにも温かかった。きっとひどく、リオ様は変わっていらっしゃる。そのことをご自身では知らない。ぼろぼろと涙が溢れて止まらなかった。

彼は、私の好きな人だった。知れば知るほど好きになって、苦しくて、一緒にいたくてたまらない。

「リオ様、私、リオ様が、すきです」

苦しいのに、彼に出会えてよかったのだと。ただそれだけで、嗚咽《おえつ》ばかりが混じった。

リオ様は私の言葉にぱっと顔を赤くした。でもすぐに口元をへにゃりとさせた。ゆっくりと私の頬を大きな手のひらでなでて、それから、もう一回。

「俺も、君が好きだよ」


***

エヴァさんに、好きだと伝えた。伝えてしまった。

だから本当に思っていたことを伝えた。うるさいぞと唸っているソルの声は聞こえないふりをする。

しかしこぼれ続ける彼女の涙には困った。けれども俺は彼女のような力は持っていないが、悲しんでいるわけじゃないことぐらいならわかる。

そっと彼女の涙を指先で拭って抱きしめた。彼女の肩口からいつもいい匂いがするから、ずっとこうしてかいでみたかった。互いに身長差があるものだから、必死に屈んでその差を埋めた。すると俺の中にエヴァさんがすっぽりと入ってしまった。間にソルがいることは残念だが、三人家族だ。丁度いい。

それからもう少しばかり近づいて、彼女の顎を持ち上げて、——ちりりん、ちりりん、ちりりん、ちりりん。

……無視をするにも、けたたましいベルの音が響いている。

「あ、あの」

「俺が出てくるよ」

来訪者がベルを鳴らせば、屋敷中に響くように多くの部屋にベルが設置されているわけだが、大して客も来ない屋敷であるというのになんというタイミングだ。

自身としては珍しく舌打ちしたい衝動に駆られたが、まさかそんな姿を見せるわけにもいかない。いや理解はされているのか。若干の恥ずかしさやら、申し訳なさやらをごまかすようにさっさと玄関に移動した。その間もベルの音は止まらない。

「はいはい」

聞こえるはずもない相手に返事をして扉を開けた。すると相手もドアを叩こうとしたのか前に出たところだったらしく、強かに顔を打ち付けて、細い体をひょろひょろと飛ばして転がっていく。

「は、申し訳な……⁉　兄上⁉」

「お、おう、久しいな……」

相変わらず小さな背でちょいと腕を上げて、片方の手で鼻を押さえている。申し訳ありませんでしたと慌てて頭を下げつつも、なぜ兄上がここに？　と溢れる疑問が止まらない。前回はというと、帰りの馬車代すらも足りずに一張羅の背広をびしゃびしゃにして、哀れな子犬のような瞳をしていたというのに。

気のせいだろうか。今の彼はというと、相変わらずの細い枯れ木のような体だがぴかぴかしている。端的にいえば質のいい服を着て、いやまるで服に着られているような、そんなような。

「リオ、聞いてくれ！」

真っ赤になった鼻もなおざりにして、兄上は勢いよく立ち上がった。それでも俺の背よりもずっと小さい。エヴァさんより少し高い程度だと、最近はなんでも彼女を基準にして考えている自分が怖い。

「はい？　なんでしょうか。また金が足りなくなりましたか？」

「違う、そうではなくて！」

ぶんぶんと勢いよく頭を振る。まるで空でも飛びそうな勢いだ。

「山のような金が手に入ったぞ!!　文字通りな！」

一体、なんの世迷い言を？


フェナンシェットの男達はバナナの皮でよく滑る。それはあの勤勉で真面目なしっかり者の三男でさえそうなのだ。

父と兄はこれまたよく滑り、それどころか滑走する。屋敷の部屋の端から端まで、一体どこまで滑ることができるのか。甥《おい》っ子達が興奮し、固唾を呑んで見守ったものだ。

代わりといってはいいものかわからないが、彼らはひどく、鼻が利く。いや、人を見る目がある、といってもいいのかもしれない。

ただし普段が普段で、滑って転んで自分どころか周囲にまで被害を出す上に、彼らのお人好しは度が過ぎるものだからすっかり忘れられがちなことなのだが。

記憶に新しいのはクグロフ兄上の結婚だった。彼が選んだ女性に周囲はそれはもう反対した。相手は貴族とは名ばかりの、ほぼほぼ平民のような家柄の女性だったのだ。

ただでさえ貧乏なこの家が、さらに貧乏になってしまうと親戚《しんせき》そろって大騒ぎをしたものの、兄上の意志は曲がらなかった。そうして父上も彼を許した。

どうなることかと思われた輿《こし》入れではあったのだが、トルテ義姉上はよく働き評判もよく、今となっては以前の騒ぎなど誰しも忘れて、それこそよくぞ来てくれたものだとクグロフ兄上本人よりも重宝されている始末だ。

そんな彼女を見て兄上は悔しがるでもなく、ただ喜んだ。『ほら、俺の勘はよく当たるだろう』と、鼻の下をこすっていた。彼は長くトルテ義姉上に恋煩《わずら》いをしていたらしく、フェナンシェットにとって禁断ともいえる酒の力を借り、告白を強行したというのが真相なわけなのだが。

彼ら二人はお人好しとおっちょこちょいの皮が邪魔をして忘れられがちなのだが、とにかくまあ、いい人を見る目があるのだ。

投資先が今すぐに支払わなければ破産寸前なのだと泣きついた、俺はよくある手法だとため息をついたそれは、文字通りのその通りで、彼らはひどく感謝されたらしい。そうして恩に報いようと必死で山を堀り数ヶ月。燃え上がるような石がざくざくとこぼれだした。

まだまだ金持ちというには程遠いが、少なくともエヴァさんの持参金がすっかりきっちり元通りになる程度には。

出てきた石は炎色石《えんしょくせき》だ。冬は間違いなく必需品だし、それ以外にも使いみちはたんまりある。それこそ祭りにも欠かせないほどだ。兄上からの話を聞いてなんともいえないため息が出た。崩れ落ちた、といえばいいのかもしれない。

俺に報告を終えて踊り狂っている兄上だけではどうにも信用できなかったのだが、目の下にクマをこさえて、ぺこりと頭を下げている三男のランダンの姿を見たときに現実なのだと理解した。

でもこんな日が、来ることになるとは思わなかった。

首元がどうにも窮屈《きゅうくつ》なような気がして、ちょいちょいとネクタイをいじくる。これでいいのだろうかと確認をしたいものの、駄目ですと言われたところでどうしようもない。俺の体がでかすぎて、特注品になってしまったのだから。

白い服を着た自身を見下ろして、胸元に入った花をいじった。

部屋の中には椅子《いす》が二つ。今は彼女を待っている。そわそわと体を揺すった。騎士団で初めての遠征のときだって、こんなに緊張はしなかった。膝をとんとんと指先で叩いて時間を計る。

ガチャリと開いた扉に期待のあまりに立ち上がると、やってきた相手は想像よりもいかつい口ひげだった。強面、といってもいいのかもしれない。団長とは違った意味で迫力がある。

「か、カルトロール伯爵」

――いや、お義父さん、と呼んだ方がいいのか？

今回のことでエヴァさんを含めての会食ならしたことはあるが、二人きりとなるとほとんど初めてのようなものだ。こちらの方がずっと背が高いはずなのに、妙な威圧感に一歩足が下がってしまう。なぜここにと緊張とともに疑問を感じたものの、すぐさま理解した。なぜなら彼の娘の結婚式だ。花婿の尻の一つでも叩きたくなったのかもしれない。エヴァさんには苦労をかけた。一発二発、殴られるべきに違いない。

そっと頬を差し出すつもりで頭を下げた。けれどもいつまで経っても、何があるわけでもない。

「久しいな、小僧。しかし想像よりもでかくなったものだな」

頭を上げて首を傾げた。カルトロール伯爵はどこか面白げに口の端を上げて、茶色いステッキで床を叩いた。

「まさか忘れているのか？」

「え、いえ、まさか」

久しい、とはこの間の会食のことではないだろう。それよりもずっと昔、俺が騎士団に入る前のことだ。カルトロールの屋敷には幼い頃に一度訪れたことがある。

フェナンシェットの男は必ず一度は酒で暴走すると言われている。兄上はトルテ義姉上へのプロポーズを。そして父上はこれまた過去に、山のような借金をこさえた。詐欺《さぎ》のような話に騙《だま》されたのだ。

冷静になればよかったものの、どうしても断れなかったワインの一杯で思考は踊って、ついでに舞って恐ろしいほどに騙された。そのときは本家であるカルトロール伯爵家に泣きついた。一度きりの援助を取り付け、なんとか返済できたのは記憶にも新しい。

まだ俺は子どもだったが、家族総出で憐《あわ》れな姿を演出してやろうとばかりに乗り出したとき、歩くことを覚えたばかりの四男のシューケルの姿がすっかり消えていたのだ。まさかの幼すぎる冒険に、俺は慌てて弟を捜した。

そんなとき、はたりと伯爵と遭遇した。

特徴的な口ひげを見て、俺はすぐにそれが誰かわかった。挨拶をすべきと頭を下げたものの、周囲を見回して首を振って、顔を青くしてと忙しくする様を見て、伯爵は不憫《ふびん》にか情けなく思ったのかこちらの事情を尋ねた。

弟を捜していますと言う俺の言葉を聞いて伯爵は側仕《そばづか》えにそのことを告げ、すぐに見つかるだろうとなんてこともない口調で言うと相変わらずのステッキで地面を叩きながら、ただの時間潰《つぶ》しとばかりにわずかに会話をした。そのとき自身も確かに名乗ったことはある。

その一度きりの出来事を、まさか伯爵が覚えているとは。

「あのときは随分と落ち着かない小僧だと思ったものだ。弟を捜して、こちらを気にして。家族の今後も心配してとな」

「そ、その節は……」

昔から心配事があると気になって仕方がないのだ。さぞ集中力のない子どもだと思ったのかもしれない。気づけば伯爵とは今後、俺達家族はどうするべきかという話になっていた。賢くもない頭をひねっていたときに、すでにそこいらの子どもよりもでかい図体をしていた俺に、「騎士になってはどうか」と告げた。

「人には向き不向きがある。お前のように気もそぞろなやつが、がむしゃらにクワを振るったところでなんにもならん。それならば金を稼いで自立の一つでもしてみなさい」

カルトロールの分家といえば、試験の一つくらいはしてくれるだろう。あとはお前次第だと。

伯爵からすれば、冗談の一つのような言葉だったのかもしれないが、そのとき何かが閃《ひらめ》いたような気分になった。

飛び込むように王都の門を叩いて乞《こ》うてみれば、クワをうまく振るうことができるギフトだと思っていた力は恥ずかしいことにただの勘違いで、人よりもうまく剣を振るうことができるギフトだった。幸運なギフトの持ち主として多くの人間に絡まれた。なじられもした。がむしゃらになっているうちに、一人で立って生きていく程度には強くなれた。

(今は二人、いや、二人と一匹でか)

思わず自分の考えに苦笑をしていたところ、伯爵のため息に我に返った。悠長に過去を思い出している場合ではない。息苦しいのは首元の襟が締まりすぎているせいではないだろう。

「あのときの小僧がちゃっかり王都で働いていると聞いたときは驚いた。その上こちらの提案をまさか素直に実行した、ということを知ってさらにだがな」

昔からお前達フェナンシェット家は、マヌケな行いをしなければ実直な人間だということは知っている、と呟かれた声に、褒められているのかそれとも分家として情けなく思われているのかわからず頭を引っかいた。定期的にマヌケなことをする一族で申し訳ない。

「だからこそエヴァの婿に頭をひねらせていたとき、お前のことが一番に思い浮かんだ」

「は、はあ……？」

なぜカルトロールのご令嬢がわざわざ俺に？　と思っていた疑問の一つだ。先ほどの言葉ではどうにも答えに結びつかない。年頃の子どもがいるとは思えないほど活力に溢れる姿で、伯爵はニヤリと笑った。

「エヴァはわかりすぎるようだからな。お前のような気もそぞろなやつの方が、どうにも一緒にいやすいようだ。ただの馬鹿に、娘をやるわけにもいかんだろう？」

息を呑んだ。

エヴァさんは自身のギフトを誰にも告げたことがないと言っていた。そのことを、まさか伯爵は。

「エヴァはわかりやすすぎる。確証はない。それに大して興味もない。だからこそ、あえてギフトについて考えたことはない」

エヴァさんは自分のギフトで人の様々な考えを理解することができるが、それはあくまでも表層のことだとも言っていた。その人の奥に隠れている気持ちや、全てのことを理解できるわけではないし、ある程度の距離があると聞こえなくなってしまう。それに人によっても変わってくるとも。

だからこそ、伯爵がエヴァさんの力を認識していることを知らなかったのだろうか。

「あの、しかし伯爵、それならば……」

実のところをいうと、カルトロール伯爵がエヴァさんの力を知らなくてよかったと安堵していた節があったのだ。なぜならば社交界といえば腹の探り合いのような場所で、笑いながらも口先を武器にワインを片手に戦う、いわば戦場のような場所だ。

そんな場所ならば、エヴァさんのギフトはさぞかし力強い武器になる。だから本来なら俺なんかよりも、もっとカルトロール家にとって有意義な縁談があったはずだ。

ただし彼女の実の父親にこんな言葉を言うのは躊躇《ためら》われた。そんな俺の考えすらも全て見通しているらしく、伯爵は大声で笑った。伯爵こそがエヴァさんのようなギフトを持っているのではないかと疑ったときだ。はっきりと、彼は俺に告げた。

「私はギフトになど興味はない。なぜなら私は、ギフトを持ってなどいないからだ。そんなことは興味がないし、信用もしていない」

ぽかん、と口を開けてしまった。

「ぎ、ギフトを信用していないって」

「お前達のようにギフトを持っている人間には理解のできない感情だろうがな」

基本的に貴族であれば、そして爵位が高くなるほどにギフトを保有していることが多い。だからこそ国はギフトを中心に回っているわけだが、例外というものはある。家族であってもお互いのギフトを知らないことは多いから、エヴァさんが知らないのも無理はないのかもしれない。しかし、それでも。

ぱくぱくと口を開けても驚きのあまり声が出ない。

俺を見て、ひどく楽しげに伯爵は笑った。ついでに手を伸ばし、ぽんと俺の肩を叩いて、「娘をよろしく頼む」と、その一言だけ告げて消えていく。つまり、つまりはだ。

次に扉が開いたときにはすっかり緊張は消えていた。可愛らしい彼女の長いドレスの裾を、侍女達が引っ張っている。ソルは暴れないようにと使用人に確保され、お気に入りのボールをぷきゅぷきゅと口元で鳴らしていた。

「り、リオ様？　先ほどお父様が」

「ああ、いらっしゃったよ」

去っていく彼の背中を見たのだろうか。そのとき俺は伯爵の目的を理解した。一体何の用があったんでしょうかと首を傾げていた彼女も、俺の考えを聞いてピンクの頬がさらに赤くなった。ぺちりと自分の頬を叩く様を見て、新婦が照れているのだろうと周囲では柔らかな笑みが起こったが、実のところは少し違う。

(照れ隠しにも、ほどがあるだろう)

彼は、娘の力を正しく理解している。つまり先ほどのセリフが、間違いなく彼女のもとに届くことも知っている。

「……君は、随分伯爵様に可愛がられていたんだね」

こっそりと呟くと、彼女は困ったように口元を尖《とが》らせて、なんともいえない顔つきをしていた。困惑しているのだろう。一筋縄ではいかないとはこのことだ。

「次からどんな顔をしてお父様に会えばいいんですか？」

「普通に笑ってだよ。きっと隠さず祝ってくださる」

それは口では言わず、頭の中だけかもしれないが。

(それにしたって今日の君も可愛いな)

「エヴァさん、君は何を着ても可愛いな」

隠さず伝える、ということを意識しているわけではないが、そのまま思ったことを伝えてみた。

ドレスは伯爵から贈られたものだ。白いゆったりとしたレースが重ねられた裾には、まるで俺が贈った花のような刺繍《ししゅう》が添えられている。控えめに宝石が散りばめられた髪飾りは、エヴァさんの綺麗な黒髪とよく似合う。目を細めて花嫁を見つめた。

侍女達は空気を読んだのか、そっと姿を消してくれた。窓辺からきらきら光る彼女の純白な姿がひどく眩《まぶ》しくてたまらなかった。心を隠さなくていいとはこれまた素晴らしいことだ。眉間《みけん》に皺《しわ》を寄せるのはとっくの昔に疲れてしまったし、なにしろ俺は下手くそで不似合いだ。

照れるように口元をもごつかせていたエヴァさんも、「リオ様も」と小さく呟いた。

「いや、君に比べると、俺なんて」

「そんなことを言うなら私なんて」

互いに首を振っている。本番まであと少しだ。

今回のことについてはさすがにカルトロールの伯爵の耳には入れてはいなかったが、エヴァさんが知っているということは、兄上や父上にも伝えてある。情けないほどに土下座を繰り返していた彼らだ。伯爵を前にして、今頃は産まれたばかりの子鹿のように足を震わせているのではないかと心配である。

「……見せたく、ないな」

あんまりにも彼女が可愛らしかったから、こんな彼女を誰にも見せたくないな、と思わず考えてしまった。なので口にも出してみた。それがどういう意図か、エヴァさんはとても正しく理解してくれるから、こちらとしては助かる。嘘の言葉がないと説明する必要がないのだ。

「で、でも今から結婚式ですし」

「そうなんだよな、わかってはいる」

仕方ないよなと呟いて、彼女の肩に手を置いた。身長差があるものだから、顔を近づけるには屈まないといけない。

「でも、こちらの初めてまで見せるのは、ちょっとどうかと思うんだ」

なんにしろ、俺達はもう何ヶ月も経っているのに、真っ白なままの夫婦なんだから。

「……万一離縁となっていたら婚姻届でも大変だったのに、その何倍もある書類を書かなければいけなかったんですよね。そんなの大変ですよね」

「うん」

「それが嫌で、離縁なんてしないと言う人もいるらしいですよ。シャルロッテさんが言ってました」

「うん、そうだな」

「だから、その、リオ様」

「うん、エヴァさん、ちょっと静かに」

こっちも緊張してるんだ、と小さな声で呟いた。ひう、と彼女が小さな声を漏らした。小刻みに震える顎に手を伸ばしてゆっくりと口元を合わせる。

甘い味がした。というのは気のせいかもしれないけれど、互いに口を離したときはこれまた心臓がひどい音を上げていて驚いた。この先が本番なのに俺は大丈夫なんだろうか。恐らくエヴァさんも俺と同じような顔をしている。人前での口づけというのが、結婚式のセオリーなのだから。

「え、エヴァさん……」

「はい……」

「なあ、もう、聞こえているかもしれないんだが」

「聞こえてます……なので、言わないでください」

「今日が初夜ってことでいいだろうか？」

「言わないでって言ったのに⁉」

ばか、と呟かれる言葉を無視して彼女の肩に額を乗せた。

＊＊＊

見上げれば、ひどく優雅に幾羽もの鳥が空を飛んでいる。青々とした空は雲一つなくて、周囲では子ども達が楽しげに遊んでいた。ぴちゃぴちゃと涼しげな噴水の音が聞こえる。足元では先ほどまで水遊びに興じていたソルが、ぷるぷる体を振ってくしゃんとくしゃみをした。

持っていたカゴの中からタオルを出して体を拭《ふ》いてやると嬉しげに舌を出したものだから、私も思わず笑ってしまう。気がついたら、十ヶ月なんてとっくの昔に過ぎていた。

外に出る覚悟なんてもういらない。そんな暇もないくらい、散歩をしようと白い綿毛のような体をもふもふとさせて、ソルがこちらを引っ張っていく毎日だ。

「変わったなあ……」

周囲はなんにも変わらない。なのに私は勝手に呟いていた。こんな日々が来るだなんて、離れに引っ込んでいたときは、思いもよらなかったことだ。作ったクッキーをカゴに詰めて、散歩をしてお行儀悪く外でかじる。それが楽しい。

目の前には小高い丘だ。暖かい日差しが頬をなでて、ピクニックには最適だ。いつもよりも少しばかり遠くに行ってみよう、と足を伸ばした。バスケットの中からすっかり移ってしまったオレンジの香りが、ふと鼻先をくすぐった。そのときだ。

『ああ、おいしいなあ』

跳ね上がった。ぽりぽり、とクッキーのかじる音がすぐ耳元で聞こえたから、思わず自分のカゴを確認した。もちろんクッキーの枚数が減っているわけでもなく首を傾げた。

中肉中背《ちゅうにくちゅうぜい》のどこか古めかしい服を着た青年が、丘の上の木にもたれかかりながらぼりぼりとおいしそうにお菓子を味わっている。距離が遠いはずなのに、ひどくしっかりと聞こえる声を聞いて、ああなるほどと頷いた。彼はとっくに、この場所にはいない人なのだろう。

『やっぱりお菓子はいいな。食べるとすぐになくなって消えてしまうくせに、甘い味は口の中に残っているんだ。幸せだよ』

そっと近づいてみると、どうにも覚えづらい顔をしていた。これといった特徴がないのだ。どんな顔といえばいいのかわからない。あえていうのであれば、リオ様よりも少し若いくらいの青年だろうか。ソルがくんくんと鼻をひくつかせて、私を見上げている。大丈夫、と少し屈んで背中をなでた。

これは誰かが残した想いだ。

ずっと忘れていたことだけれど、子どもの頃の私のギフトはもっと強いものだった。人の考え以外に強い想いにも敏感で、ジョンを切り裂いたナイフが屋敷に送られて指に触れたその瞬間、やってきたあまりの衝撃に恐怖して、全てを忘れようと努めていた。

シャルロッテさんはギフトをより練度を重ねたと言っていたが、つまり私はその反対のことをしてのけていたのだ。それならば努力すれば、よりギフトを鈍くさせることができるのではないだろうかと日々練習をしているものの、中々難しいのが現状だった。

とにかくあれから、誰かが残した強い想いをときおり感じるようになった。とはいってもそこまで頻繁な話でもないのだけれど。

『それにしたって、随分イケメンに作りすぎだよ！』

こう叫んでいる彼は、きっと誰かが残した想いなのだろう。

クッキーを片手に憤慨している青年の目の前は、あのおかしな王様の像だ。精悍《せいかん》で立派な体つきをした像なのだが、どうにも彼には不満があるらしい。

『いくら俺の顔を覚えられないからって、あれはないだろう、やりすぎだ‼』

むっきい！　と叫んだ彼の言葉を聞いて、しばらく時間が止まった。俺の顔。つまり、つまりこれは。

「お、おかしな王様……？」

ご本人様？　と向こうからはわからないと思っているから、まじまじと見てしまう。それにしたって、像とは随分顔が違う。いや、そもそも顔が覚えられない、とは一体。

――彼はとってもシャイで恥ずかしがり屋で、誰にも素顔を見せなかった。だからその日はみんなで王様のマネをする。仮面やら、帽子やらで顔を隠して誰でもないふりをする。各々《おのおの》手作りのクッキーを作って懐に隠し持つのがお決まりだ。

ヴァシュランマーチの説明をマルロ様がしてくださったときに、そう彼は言っていた。恥ずかしがり屋という割には立派な像があるのだなと思ったけれど、一体どういうこと？　と考えてみた。

特徴がなさすぎる顔に、人々に愛されているくせに、名前すらも覚えられていない。わかっている名前は、おかしな王様とだけ。そうして顔が覚えられないとは。考えて、あっと理解した。つまり王様は。

「人に覚えてもらえない、そんなギフトを持っていたの？」

そんな強いギフトなんてあるんだろうか。いや、彼は私が生まれるずっとずっと昔の王様だ。昔は今よりもずっと強力なギフトがあったというじゃないか。

やけ食いのようにポリポリとクッキーを食べ続けている彼は、まるでお菓子な王様だ。

彼はひどく革命的な政治を行ったと聞く。貴族だけではなく平民にも目を向けて、様々な改革を行った。なのに結婚だけは不思議とおせっかいで、十ヶ月の法律だとか、婚姻届を恐ろしい量にしてしまった。

奇妙なおせっかいの理由がわかったような気がした。どんな偉業を残しても、誰からも覚えられることがない。人と人とのつながりを、彼だけは持つことができない。だから羨ましくて悲しくて、それでもみんなが愛しくて。

口先では文句を言いながらも、彼の嬉しさが伝わってくる。どれだけ顔を覚えることができなくても、王様の像を作りたいと言う彼らの気持ちが嬉しかった。涙がこぼれそうになった。

人と人とのつながりは曖昧で、すぐになくなってしまうものだと彼はとてもよく知っていて、それをどうにか大切にしようとずっと考えて、泣きながらクッキーを食べて、気づいたら顔もぐしゃぐしゃになっていた。でも涙と鼻水に濡れたそんな顔だって、誰にも気づいてもらえなかった。

彼の声を聞いて、私も自然と涙がこぼれた。

名前も顔も何も伝わっていないけど、それでも彼の子ども達は彼を愛した。顔を隠して、年に一度は王様のことを忘れないようにとみんなで手をつないで、彼の好物であるクッキーを食べながら年を越すのだ。伝えるすべもないけれど、ずっと未来のこの先のことを彼に教えてあげたかった。

——おせっかいだって、知ってるけど。

もう王様の姿は見えない。けれども声だけが聞こえてくる。

——人の絆《きずな》は、とっても壊れやすいものだから。

だから、どうか大切に。いつかお菓子のような、俺になれますようにと、呟いた声が聞こえた。

消えてしまった彼の代わりに、とても立派な像があった。相変わらず精悍な顔つきで、どこか遠くを指差している。

「あなたが十ヶ月の法律なんて、作ってくれたおかげなんですよ」

なんて、言っても伝わるわけもないけれど。もしそれがなければ、私はリオ様と結婚することはなかったかもしれないし、もしくはすぐに別れてしまっていたかもしれない。本当におせっかいで、立派すぎる王様だ。

リオ様と初めて出会ったときのことを思い出した。

あのときの私はカルトロールの屋敷から馬車の中で御者の歌声を震えながら聞いていた。恐ろしくて外の景色《けしき》を見ることすらもできなくて、ただただ体を硬くし小さくなってしまっていた。

たどり着いたのは、仏頂面の旦那様のもとだった。けれどこんな出会いがあるだなんて、思いもしなかった。

とても、とてもリオ様に会いたくなった。最近彼は前以上に気持ちを声に出すようになって、互いに照れて仕方ない。それからとっくに済ました初夜を思い出して、また一人で赤くなった。ぺちんと勢いよく頬を叩く。

「ソル、帰ろっか！」

「わふっ！」

オレンジが生っている、あの可愛らしい茶色い屋根のお家《うち》へと。

たくさんのきらきら星をかきわけて。

書き下ろし番外編

口元から真っ白い息が出る。手のひらは冷たいのに、片方の手袋だけ外してしまった。その片方の手を、リオ様がぎゅっと握ってくれた。硬くて大きな彼の手のひらと、流れ込んでくる気持ちがほかほかしていて思わず微笑《ほほえ》んでしまう。

ゆっくりと彼は私の手を握った。

ぎくりとして、でも幸せな気持ちになって私も握り返した。リオ様が馬車の外の景色《けしき》を見つめながらそっけない顔をしている。嘘《うそ》だ。すぐに私に気持ちが伝わったと気づいてしまったから、こちらを見てにこりと笑った。

「エヴァさん、寒くないか？　手袋をした方がいいんじゃないかな」

「到着したらきちんとします。でも今は、リオ様と手をつないでいたいです」

「俺《おれ》もだよ」

互いに手のひらを握ったまま、こつりとリオ様の肩に頭を乗せた。私達の会話を聞いていたらしい御者が、ごほんと一つ咳《せき》をする。慌ててリオ様との距離を取った。聞こえた御者の心の声に、少しばかり顔が熱くなってしまった。それでもつないだ手のひらは放さなかった。私の膝《ひざ》の上では毛布をかけられたソルが体を丸めてうっとりしている。

外の風景を見ると、いつの間にか真っ白に染まっていた。

「わあ……」

勝手に、口から感嘆の声が漏れてしまった。見渡す限り真っ白の雪で埋まっている。

「フェナンシェット領は王都よりもずっと早く冬が来るんだ。だから一年の半分は雪に覆われている。冬本番になると、エヴァさんにはちょっと厳しいかもしれないな」

王都も、カルトロール領もそれほど長い冬は続かない。リオ様の生家であるフェナンシェット領に向かうとなったとき、とにかく彼はクローゼットをひっくり返した。自分ではなく、私の服装チェックだ。

「俺は慣れているから」と言って、ああでもない、こうでもないとされているうちに丸々と着ぶくれしてしまったから、いい加減にしてくださいと形ばかり怒った記憶は新しい。

結果として、もこもこの上着とソル用の暖かい毛布を買いに街に繰り出し、試しとして上着を羽織ってみると、リオ様は満足げに頷《うなず》いて抱きしめてくれたから、とても照れてしまった。

リオ様のご実家であるフェナンシェット領に行こうと決まったのは、数ケ月前のことだった。

溜《た》まりに溜まった有休を消化しろと騎士団長に命じられたリオ様だったけれど、年が変わればまた新たな休暇がやってくる。

しびれを切らした強面《こわもて》の団長様に、いっそのことまとめて取得したらどうだと告げられてしまったのだ。

それならとリオ様は考えられた。

夫婦そろって少し遠くに足を伸ばしたい。旅行なんてどうだろうか。君が難しいと言うのならもちろん無理にとは言わないけれど、と控えめな主張をするリオ様に私は伝えた。でしたらリオ様のご実家に行きたいです、と。

私からしてみれば、随分成長した提案だったと思う。

家から出ることもできるし、一人でお買い物をすることだってできる。ソルの散歩だって大丈夫だ。でもやっぱり、人と話すことが怖いと感じるときがある。それでもリオ様と一緒ならたくさんの景色を見たいと思った。それから、彼が育った生まれ故郷も。

マルロ様やシャルロッテさんに行ってらっしゃいと見送られながら向かったカルトロール領での結婚の際、フェナンシェットの方々も、もちろんお祝いに来てくださった。

リオ様のご兄弟やお父様、義理のお姉様に可愛《かわい》らしい甥《おい》っ子さん達。機会があればこちらの家にもいらっしゃい。そう告げてくれた彼らの言葉に、嘘はなかった。

新しい場所に行って新しい人達に会う。怖いと思う気持ちもあるけれど、わくわくする感情もある。そんな自分に驚いて、嬉《うれ》しくもなった。

雪の中をゆっくりと馬車が進んでいく。雪に埋まってしまっているけれど、恐らく一面の畑だった。指を真っ赤にかじかませながら畑の具合を確かめている人達がちらほらと見える。

「これからフェナンシェット領では炎色石《えんしょくせき》の流通が始まる。まだ全《すべ》ての領民に行き渡ってはいないけれど、近々のことだ。冬が一年の半分あるこの場所でも暖かく過ごすことができる」

それは彼らの生活を、大きく変えることになるのだろう。

リオ様は静かに目を細めて領民達を見つめた。私はもう一度、ゆっくりと彼の手のひらを握った。

たくさんの温かい感情が伝わってくる。それはそうと。

「あの、リオ様。お土産《みやげ》なのですが、本当にこちらでいいんでしょうか……もっと、その、ちゃんとしたものにした方が」

「いいんだいいんだ。エヴァさんも着いたらわかるよ。ほら、俺が嘘をついていないことはわかるだろう」

な？　とリオ様は優しく口元を緩ませた。確かに彼の気持ちは伝わる。それでも一般的な常識に当てはめると、不安になるのは仕方ないと思ってほしい。

「そもそも俺がエヴァさんに嘘をつくことなんて、これから先、一生ないことだけどな」

もう十分嘘はついたと考える彼の気持ちを聞いて、私は唇を噛《か》んで、もう一度こてんとリオ様の肩に頭を寄せた。

「わ、私も……」

返答しようとしたときだ。

(エヴァさん、好きだよ)

聞こえた声にどきんと心臓が跳ね上がった。

「エヴァさん、好きだよ」

「り、リオ様！　ご、ごまかすことも覚えてください！　聞こえていますから……！」

「俺は自分の気持ちに正直になろうって決めたんだ」

「んん、げほっ、ごほっ」

「…………」

「…………」

御者のついた咳に、今度こそさすがに互いに口を閉ざしたのは、とても仕方のないことだ。


「うわー!! フルーツだ！」

「フルーツだ！」

「バナナだ！」

「りんごだ！」

「オレンジだーーー!!」

やったやった！ と互いに手を叩《たた》き合って喜ぶ子ども達の名前は、クラフにベニエ、トロネの三兄弟だ。

クラフとベニエは双子で、トロネは彼らよりも二つ下の年で全員が片手で数えられる年らしい。子ども達は黒髪で男の子だけれども、彼らの母親であるトルテさんによく似ている。

山盛りのフルーツをテーブルに置いて、両手を握り合いながらさながら何かの儀式のようにくるくると回る可愛らしい彼らを、私はパチパチと瞬いて見つめてしまった。

「「リオにーちゃん、エヴァねーちゃんありがとう!!」」

そっくりの笑顔でにんまり笑って言うものだから、誰《だれ》が誰なのか、すでによくわからない。

「土産は、間違いなくこれでよかっただろう？」

にっこり笑うリオ様に苦笑してしまった。

リオ様から聞いていたけれど、想像以上の反応だった。

「ああ、ありがたい。ここじゃあフルーツは珍しいからなあ」

「そうね。でもクラフ、ベニエ、トロネ！　ねえちゃん、ではなく、エヴァ様でしょう？　あなたも笑ってないで！」

「お、おうすまんトルテ……」

ひょろひょろの体をさらに小さくさせているが、当主であるクグロフ様だ。

「エヴァ様、フェナンシェット領にようこそおいでくださいました。リオも、長旅お疲れ様」

品のいい笑顔を浮かべて、ゆっくりと首を傾《かし》げる黒髪の美女がトルテさんである。結婚式の際にもご挨拶《あいさつ》はさせていただいた。

彼女の差し出された手のひらを見て、私はごくりと唾《つば》を飲み込んだ。

そっとリオ様を見上げると彼は笑いながら頷いている。恐るおそるといった気持ちを隠して、握手をする。寒い冬だというのに、いらっしゃい！　と暖かい春のような気持ちが溢《あふ》れてきて、少しばかり泣きそうになってしまった。

私は人が近づくとその人の気持ちが勝手にわかってしまうけれど、触るとよりしっかりと、鋭敏に声が伝わる。

「うまいねえ、これはまた」

もごもごとすでにバナナをむいてくわえているのは、リオ様の末の弟君であるシューケル・フェナンシェット様で、リオ様とクグロフ様とはあまり似ていらっしゃらないくるくる髪だ。彼は亡くなられたお母様によく似ているのだという。

「シューケル！　行儀が悪いぞ！」

「あはは、お腹《なか》の中にもう入っちゃったもの。許してね、義姉さん」

義姉さん、とは私のことだ。

シューケル様はバナナの皮を片手にひらつかせながら笑った。なんだかそう呼ばれると、くすぐったくてむずむずしてしまう。リオ様が仕方ないな、と肩をすくめながら笑っている。シューケル様は甘え上手《じょうず》な末っ子なのだ。リオ様のお父様は足を悪くしていらっしゃって、まだ寝室にいらっしゃる時間だった。のちほどご挨拶に伺う予定だ。

さて、以上がフェナンシェット家に足を踏み入れて、屋敷のドアを叩いた後に行われた歓迎だった。家の中はすでに暖炉の中で炎色石が熱を発しているらしくとても暖かい。

けれど暖かな理由はそれだけではなかった。浴びるような歓迎の言葉や、駆け出す子ども達にぎゅっと胸が掴《つか》まれた。初めて立つ場所だからソルは呆然《ぼうぜん》としぱちくりと瞬きをして、子ども達に追われて急いで逃げ出していた。きゃあきゃあと楽しげな声がする。

未《いま》だに緊張してドキドキして、少しばかり足が震えていた。

馬車に揺られながら、どうしようと不安に思いリオ様の手のひらを握りしめていた。でもいらぬ心配だったようだ。よかったと息をついて、滲《にじ》みそうになる目尻《めじり》をこっそりと片手で拭《ぬぐ》ったことは、もちろんリオ様はわかっていらっしゃる。彼の心の声も聞こえた。

そんな中、唯一遠巻きに私を見つめている青年がいた。

一歩、二歩どころか、ずっと遠く。ずっとこちらを見つめていた。ランダン様だ。

ランダン様はフェナンシェット家の三男坊である。難しげな顔で、むっつりと機嫌が悪そうにこちらを見ているように感じた。

「…………あ、あの」

声をかけようとすると、するりと彼は背中を向けて消えてしまった。

私よりも年が一つ下で、会話をしたことはもちろんある。リオ様のお兄様と共に、炎色石の採掘が成功したのだと報告に来てくれたのだ。そのときは好意的な声と行動で、申し訳ないと心の声と言葉を幾度も発していたのだけれども。

私は何かしてしまったのだろうか。

途端に不安になったけれど、子ども達に耳と尻尾を引っ張られて転がるようにこちらに助けを求めに来たソルが突撃してきたものだから、すっかり考えはすっ飛んでしまったのだった。

ランダン・フェナンシェット様。

年は十八歳、普段は宮廷学校に通っていらっしゃって、休暇の度に帰ってこられる。ご卒業はもうすぐとのことだ。リオ様とよく似た髪色で、彼よりも少しばかり髪が長い。背は平均程度で、私よりも少し高いぐらいだ。比べるにはリオ様が大きすぎるのだ。

それからリオ様は隠せない人の良さがあるお顔をしているけれど、ランダン様はきりりとした風貌《ふうぼう》だ。つまりリオ様を硬く、真面目《まじめ》な顔つきにしたのがランダン様だ。考えてみると出会ったばかりのリオ様と雰囲気が少し似ている。今では過去の面影も忘れてしまっているけれど。

ベッドに座り込みながら、色々と思い出しては考えた。夕食にいただいたお鍋《なべ》はトルテさんが作ってくださった。使用人はいるけれど、今日のところは特別だ。

きゃあきゃあ子ども達が声を出す度に彼女は怒って、静かにしなさいと厳しく眉《まゆ》を吊《つ》り上げていたけれど、リオ様はひどく懐かしげな顔をしていた。彼が王都にいて静かな食卓で食事をする度に悲しげな気持ちになっていらっしゃった気持ちがとてもよくわかった。

デザートはもちろん、私達が持ってきたフルーツだ。フェナンシェット領にも甘味はある。でも寒さが激しいこの土地では種類によっては口にできない果物《くだもの》も多い。

いつでも季節を越えて植物を育てることができる天幕水《てんまくすい》も王都から離れると高価になってしまうため、果物の栽培よりも他《ほか》のものが優先される。

だからリオ様は何か手土産をとなったとき、迷うことなくそれらを選んだ。

食卓の席でもランダン様は食事が終わるとすぐさま立ち上がった。そして自室にこもってしまった。

「……私は、ランダン様に嫌われているのでしょうか」

「いやあ、違うと思うけれど」

「そうでしょうか、んっ、リオ様！」

私の隣に座って、こまめにキスを落としてくるリオ様に怒った。

「いや、可愛らしいから」

彼は臆面《おくめん》もなく言葉と心の声を一致させる。どうせわかっているのだと思うからか、人気《ひとけ》がないところでは自制することをすっかりやめてしまったらしい。

二泊の予定だから、事前に用意されていた部屋はリオ様の自室とは異なるゲストルームだ。ソルは立派なもふもふのお布団を準備されていて、今は寝床作りに必死で、ああでもないこうでもないと、尻尾《しっぽ》を振りながらぐるぐる回って寝心地をチェックしていた。

リオ様は大きな手のひらで私の黒髪を触って、高い背を屈《かが》ませながら私の髪を自身の口元に寄せた。距離が近い。

「り、リオ様……あの、私は真面目な話をしていまして」

「俺も真面目に聞いているよ」

もちろんその間も首元にちょんとキスを落とされた。

「こんなことを言ってはなんだけど」

リオ様の心の疑問が、しっかりと言葉で重なっている。最後には私も受け入れてしまって、両手を握って小さなキスをし合ってしまう。

「俺はランダンが理由もなく人を嫌うことはしないと知っているけれど、君のギフトを使えば一発だろう」

未だにギフトの力を自在に調節することはできないから、人の気持ちが無意識に流れ込んでしまう。ときには人以外の、誰かが残した想いでさえも。

「ある程度近づかなければわかりませんし、それに……」

勝手に流れ込んでくる分は防ぎようがないことだけれど、わざわざ自分から人の気持ちを暴こうとするのはおかしい。そんなことはしたくない。

リオ様はそれ以上、口をつぐんでしまった私の様子を見て少しばかり苦笑した。

「……一応、言ってみただけさ。でも君が心配する必要なんてどこにもないんじゃないかな。ランダンは俺の弟だ。俺以上に真面目で、責任感が強い。俺が王都に行けたのも、あいつがいると思ったからこそだ。弟に対してそう思うのも情けない話なんだが」

ランダン様が宮廷学校に行き始めたのはここ数年の話だ。知識と人脈を広げるため、後ろ髪を引かれながらも、彼も領地から離れる決心をしたのだという。

それからリオ様はいつもよりも深くキスをした。

「んっ……」

苦しくなった呼吸をごまかして、必死に息をした。

ゆっくりと口元を離して互いの瞳《め》を見つめる。もう一回、と傾けられた顔を見たときだ。

「わうんっ！」

きらきらした瞳のソルが、私達の間に割り込んだ。見てほしい、とばかりに今度はベッドから飛び降りて、彼の形に整えられたベッドに案内してくれた。

「素敵な寝床ね……」

「素敵だな」

リオ様と顔を見合わせてしまった。あはは、と二人と一匹で笑った。


お客様に畑仕事を手伝わせるわけにはいかない！　とトルテさんもクグロフ様も、まさかのシューケル様まで真っ青な顔で両手を振っていたのに、リオ様は「エヴァさんがしたいならいいんじゃないだろうか」と、あっけらかんと声を出した。

最初はさすがにと顔を見合わせていたのに、トルテさんの作業服を借りて野菜を収穫している間にそんなことも忘れられた。

フェナンシェット家は貴族ではあるけれど、領地はさほど広くなく位も低くて、繁忙期になると誰もが関係なく総出で畑に飛び込む。

騎士団の敷地にこっそり作っている畑よりも、ずっと広々とした領地をリオ様は雪かき用のスコップを抱えて嬉しそうに駆けているし、その後ろには三人の子どもと一匹の犬がくっついている。真っ白い雪の中でソルの綿菓子みたいな体が埋まってしまわないか、とにかく心配だった。足だって短いのに。

手伝いの間の休憩で布の上に座り込んで、白い息を吐き出した。見上げると空まで真っ白だから不思議な光景だ。

「義姉さん、フェナンシェット領って寒いでしょ」

隣に座っていたのはシューケル様だった。びっくりした。

彼はお土産のバナナをむぐむぐと口にしていた。もしかすると子ども達よりお土産を一番喜んでいたのは彼かもしれない。食べた皮をぽいと放《ほう》って、可愛らしい顔にある口先を尖《とが》らせながらふむう、とため息をついた。こうして見ると彼は女の子にも見えなくもない外見だけれど、声はしっかり男の子だ。

「王都って暖かいんでしょ。いいな、僕も行きたいな。バナナもいっぱい食べられるし」

彼は口ではそう言いながらも、心の中ではそんなこと思ってはいない。都会に憧《あこが》れる気持ちはあっても、フェナンシェットの地を愛している。

「やだやだ。炎色石の採掘ができて、お金がちょっと手に入ったところで、ここの暮らしは変わらないよ。僕も王都に行きたいな」

なぜ彼が、心とは反対のことを言っているのか。

本当ならギフトを使って心を見透かして、まるで上の立場から声を出すなんてことはしたくない。でも彼の心が傷ついていることがわかったから、どうしても、どうしてもその痛みが少なくなればいいと思ってしまった。

きゃあきゃあと、リオ様と子ども達の楽しげな声が聞こえた。大きなリオ様の体に、三人の子どもが飛びついた。彼は力いっぱいに彼らを持ち上げた。いっそう嬉しげな声が響いていた。

「シューケル様、私、何も後悔などしてません」

私はクグロフ様やリオ様に騙された。シューケル様は、そう思っていらっしゃる。

別れる前提の結婚だった。トルテさんやランダン様はクグロフ様達をお止めした。けれど彼は、シューケル様は蚊帳《かや》の外だったのだ。

甥っ子達ほど幼くはない。でも私よりも年が下である彼は、大丈夫と周囲から柔らかい言葉を聞かされるばかりで、何もできなかった。

傷ついてなんかいない。そんなふりをして、何もできなかった自分を悔いていた。

そんな彼に、初めから知っていたことですよと教えることもできない。だからどう言えばいいのかわからない。

クグロフ様は初めてお会いしたとき、申し訳なかったと頭を下げた。丸め込んで結婚はさせたものの、本当はリオならばあなたを見捨てはしないと思っていた。せめてカルトロール家と縁を結ぶことで、リオだけは俺達の失態から距離を置かせたかったのだと。

く覚えている。

暗い顔をするクグロフ様に、目の下に深いクマを刻んで厳しく叱責《しっせき》するランダン様の姿は、今もよく覚えている。

『兄上、あなたが感じた理由など今は告げるべきではない。言い訳など不要です。僕達ができることは、ただ真摯《しんし》に彼女に謝罪することです』

帽子を胸元に置き、大変申し訳なかったと二人して下げられた頭を思い出した。

クグロフ様はリオ様の性格をよくよくご存知でいらっしゃったのだ。もちろん彼の頭の中では、さんざんトルテさんに引っかかれた傷の痛みもあったけれど。

「シューケル様。私はあなたの義姉になれて、とても嬉しく思っています」

もう少しすれば、この領地はきっと過ごしやすくなるとリオ様がおっしゃっていた。彼はその結果を恥じる必要などどこにもない。

シューケル様は、少しばかり唇を噛みしめた。甘え上手で世渡り上手な末っ子なのだと評判の彼だ。別の顔など、まさか見せるわけにもいかない。

「あっそう！　変わった義姉さんだね！　でも仲良くできたら嬉しいよ！」

ぶっきらぼうなのに、言葉の中が優しいのはフェナンシェットだから。嘘をつくのは苦手なのだ。そっぽを向いてわずかに赤くさせた耳は、やっぱりリオ様によく似ている。

勝手に柔らかく緩んでしまう口元をごまかすように正面を向いた。楽しげなリオ様達が見える。

「リオ様！　あんまりはしゃいでは風邪《かぜ》を引いてしまいますよ！」

雪の中で転んで笑う彼に声をかけると、彼はこっちを向いて、「ああ！」と返事をした。まるで大きな犬と、小さな犬達がじゃれ合っているような光景だった。

「ランダン！　こっちに来るか？」

リオ様の言葉に、えっと振り向いた。

私とシューケル様と少しばかりの距離を置いて、ランダン様が立っていた。ギフトの力が届かない距離だったから、気づかなかった。

彼は真面目くさった瞳でこちらを見て、すぐに帰ってしまったのだった。

お別れの時間が近づいてくる。子ども達はひゃんひゃん泣き声を上げて、リオ様にくっついたり、私のスカートを引っ張った。ソルももふもふの、白い毛を引っ張られていたけれどとにかく我慢をしているような様子だった。しかしジタバタと短い四本足を動かしていたので、そろそろ限界も近いのだろう。

「行かないでー！」

「行っちゃやだーー!!」

「わんわんと一緒にいるうーーー!!」

泣いている原因はまさかのソルだった。はいはい、とトルテさんとクグロフ様、シューケル様がそれぞれ子ども達を引き離す。じたばた暴れていた子ども達も、さすがにぐったりとして悲しげに涙をこぼしている。

「また次に来るときまで、いい子にしているんだぞ」

「「びぇええーーー!!」」

「……とりあえず、返事はできる程度にはなっとこうな」

リオ様が笑いながら彼らの頭をなでていく。

お義父様にはすでにご挨拶は終えている。薄く雪が積もった玄関で馬車を待たせた。そろそろとなったときだ。

「……あれ、ランダン兄さんは？　姿が見えないけど」

シューケル様がぐすぐすと涙するトロネを抱えながら不思議そうに周囲を見た。屋敷の扉が開いたのはそのときだ。

彼は腕いっぱいの花を抱えていた。

真っ白で可愛らしくて、随分見覚えがあるものだ。ぱちくり瞬きをしていると、「義姉さん、その、もしよければ」と、そっと私にその花を渡した。

抱えた花は以前リオ様がくれたものとまったく同じだ。

「あの、一体……」

「義姉さんが好きな花と聞きました。この辺りでは咲かない花ですから、宮廷学校からの道すがら手に入れたものです。せっかく来ていただいたのです。何かをお返ししたく思っていました」

女性に花を贈るという気恥ずかしさを隠した表情は、あのときのリオ様とよく似ていて、とても驚いた。ほらね、とリオ様から笑うような心の声が聞こえている。それならなぜ、彼はずっと私を避けていたのか。

彼が一歩、私から離れたそのときだ。

「あっ！　ランダン！」

クグロフ様が、ひょろっとした両手をあわあわさせてランダン様の足元を指さした。

なぜだか黄色い、バナナの皮がそこにあった。カチンコチンに凍っているそれは昨日シューケル様がぽいと投げ捨てたものだろう。

彼が食べた場所とはまったく違う。なのになぜか、まるでそこにあることが当たり前かのようにバナナの皮は鎮座していた。

ランダン様は、しっかりとそれを足の裏で踏みしめた。見事なまでの転倒だった。全員の視線がランダン様の動きを追う。くるりと彼は宙を舞った。真面目くさった顔つきのまま、彼は見事に横転した。かと思えば両手を広げて、なぜだか見事に着地していた。

ひゅうひゅうと冬の風が吹いている。泣いていた子ども達も無言となってしまった。

思わず、その場にいた全員の心を読んでしまった。

フェナンシェットの男は、とにかく運が悪い。バナナの皮でよく滑る。

しかしなぜだか、ランダン様はバナナがあれば必ず滑る。それはまるで運命づけられているかのように、彼の運は徹底的に悪い。

考えてみればランダン様が逃げるように去っていくとき、常に近くにバナナがあった。私に近づかなかったのは、客人の前で滑ってはたまらないとの考えだろう。そしてランダン様にはもう一つの特徴がある。彼は、ギフトを保有している。

それは、どんなに足を滑らせても、決して倒れないこと。

人一倍運の悪い彼だけれど、人一倍立ち上がる。絶対に倒れない。バランス良く両手を横に伸ばした彼の姿を、誰しもがじっと見つめた。何を、どう言えばいいのかわからない。

そんな中クグロフ様だけが大声を上げて笑った。くはっと笑って、げらげらしている。

「エヴァ様、驚かせてしまったのなら申し訳ありません。こいつのギフトは、『絶対に、こけない』ことなんです。ここは雪が降りますけど、ランダンだけは絶対にこけない。足元に何があっても、どんなことがあっても絶対に倒れない自慢の弟なんです」

「あなた！」

トルテさんがきっと強くクグロフ様を睨《にら》んだ。ギフトを尋ねる行為はとても失礼なことだ。だからもちろん他人のものを伝えることも。あっとクグロフ様は口元を押さえた。

「い、いいえ兄上。問題ありません。すでに見せてしまったものですから。お恥ずかしいギフトです。お目を汚してしまいました」

「いいえ、まさか！」

私はゆっくりと首を振った。

素晴らしいギフトだと思う。彼の人生、これから先どんな不運があったとしても、必ず彼は倒れない。そんなギフトだ。物理的なギフトが心根まで関わってくるのかはわからないけれど、きっと無関係なことではない。

「ランダン様、ありがとうございます。お花も、とっても嬉しいです。ぜひまたお会いしたいです。次は、もしよければ……」

ここまで伝えたけれど、これは勝手に私が言うべき言葉ではない。リオ様を見上げると、もちろんと彼は私の言葉を理解したように頷いた。だから私も、にっこり笑った。

「こちらの家に、遊びにいらしてください！」

握った手のひらから、温かい返答の声が聞こえる。優しい人達だった。

私とリオ様は、帰りと同じように馬車に乗り込んだ。少しずつ小さくなっていくフェナンシェットの人々を見つめて、最後まで私達は手を振り続けた。

「リオ様。私、リオ様とこうして一緒になることができて、とても、とても嬉しいです」

「一体どうしたんだ？」

いきなりの言葉だから、驚かせてしまったかもしれない。でも、心から溢れてくるのだから仕方がない。

「ソルと出会えて、フェナンシェット家という新しい家族もできて、リオ様の隣にこうしていることができて」

　なんて幸せなことなんだろう。あんまりにも幸せだから、少しばかり怖くなってしまうくらいだ。

「俺もだよ」

　すぐに彼は答えてくれた。

「申し訳なくて後悔ばかりだけれど、まるで夢の中にいるみたいだ。夢にいるんなら、できれば一生目が覚めないことを祈ってるよ」

「それはこちらのセリフです」

　あいかわらず、ソルは馬車の中でも自分の居場所を探してふんふんと鼻で探っていた。

　おいでと彼を呼び寄せて、膝の間に座らせた。まるで冬のような、しんと冷えた空気が胸をいっぱいにするのに、あるのは温かな気持ちばかりだ。

　かたかたと馬車の車輪が鳴る音が聞こえた。

　寒いのに、体の内側はとてもぽかぽかしている。不思議な気持ちでリオ様にもたれかかりながら、ソルと一緒に毛布をかぶった。

　ゆっくりと目をつむると優しい手のひらが私の頭をなでた。とっても大好きな、愛しい人の手のひらだ。

　ここはとても、心地良い。

あとがき

この度は拙作をお手に取っていただき、ありがとうございます。

こちらの作品は「小説家になろう」というサイト様を通じて、第7回アイリスNEOファンタジー大賞にて銀賞を頂戴しました作品です。ギフトという特別な力がある世界で、人の心を読むことができる伯爵家の令嬢エヴァと、どうしてもの事情で結婚することになってしまった貧乏騎士のリオ。十ケ月後に離婚を決めた結婚は、一体どうなるのか……？　ぜひ結末までお楽しみいただければ幸いです。

またこの場を借りましてお礼を申し上げます。根気よく作品の相談にお付き合いくださったご担当者様。生き生きとしたキャラクターを描いてくださり、物語に深みを作ってくださった、ねぎしきょうこ先生。支えてくれた家族。そしてなにより、こうして本作をお手にとってくださっている読者の皆様。本作に関わってくださった全ての方にお礼を申し上げます。本当にありがとうございました。

雨傘ヒョウゴ

仏頂面《ぶっちょうづら》な旦那様《だんなさま》ですが、考《かんが》えはお見通《みとお》し
引《ひ》きこもり令嬢《れいじょう》と貧乏騎士《びんぼうきし》の隠《かく》し事《ごと》だらけの結婚生活《けっこんせいかつ》

2021年10月5日　初版発行

初出……「仏頂面な旦那様ですが、考えはお見通し
引きこもり令嬢と貧乏騎士の隠し事だらけの結婚生活」
小説投稿サイト「小説家になろう」で掲載

著者　雨傘ヒョウゴ

イラスト　ねぎしきょうこ

発行者　野内雅宏

発行所　株式会社一迅社
〒160-0022 東京都新宿区新宿3-1-13 京王新宿追分ビル5F
電話　03-5312-7432（編集）
電話　03-5312-6150（販売）
発売元：株式会社講談社（講談社・一迅社）

印刷所・製本　大日本印刷株式会社
ＤＴＰ　株式会社三協美術

装幀　小沼早苗（Gibbon）

ISBN978-4-7580-9401-6

おたよりの宛て先
〒160-0022 東京都新宿区新宿3-1-13 京王新宿追分ビル5F
株式会社一迅社　ノベル編集部
雨傘《あまがさ》ヒョウゴ 先生・ねぎしきょうこ 先生